KB197435

텅 빈 삼라(森羅)에서

들이쉬고 내쉬는 숨으로

한평생 무엇인가를 이루기 위해

실안개 속에 숨은 꿈 타래를 찾아서

사력을 다하는데

한 번의 호흡이 생명줄이라니

인생이란 것이 허허허….

능인스님 글맘선방 3집

만유의 길

능인스님 글말선방 3집

만유의 길

노신배(능인스님)

백산출판사

소리 없는 소리에 귀를 기울인다.

말 없는 말로 대화를 한다.

보이지 않는 형상을 보고 좋고 나쁨을 판단한다. 굳이 소리 내어 말하자면 끝이 없지만, 모두가 부질없는 허깨비 같은 망상일 뿐이다.

태어나서 살아있는 동안 한 가림으로 인한 꿈속의 허공 꽃은 어지러이 지고 있지만, 그것을 참으로 알고 집착함으로 번뇌 망상의 수렁에 점점 빠져들고 있는 것이 인생이다.

파란 하늘은 한가롭기만 하다. 그곳에 용과 뱀의 용틀임은 보이지 않는다. 다만 하루살이 날갯짓을 보고 기어가는 벌레의 처절한 생존 본능을 보며 무아 속에 잠든 무언의 소리에 천둥 번개의 번쩍이는 '차' 한잔을 마신다.

광활한 우주 삼라에서 아무리 작용해 본들, 볼 수 없는 것을 보고 들을 수 없는 것을 들을 수 있는 억조분 미진의 존재에 불과하지만, 한 호흡의 생명줄이 끊어지지 않는 동안 이는 바람의 흔적을 적나라하게 펼친 수평선 저 너머 넘실대는 푸른 초원의 싱그러운 풀 '차' 향기에 흠뻑 취하기를 바란다.

불기 2568년 갑진년 10월
행복사에서 사문 능인 합장

차례

1

보이지 않고
들을 수 없는 것을
배워 실천하는

길 없는
길

1

인연이란? 한평생 동안 시간과 공간 속에서 삶을 영위 (營爲)하며 윤회하는 마치 옷깃을 스치는 바람처럼 살아 숨 쉬는 끈이며 연결고리다.

2

남에게 베푼 것을 잊는 것은 무주상보시(無住相布施)로서 음덕이라 할 수 있지만, 입은 은혜의 감사함을 모르거나 잊는 것은 배은망덕함으로 큰 흉이 된다.

3

중생들이 배부르게 먹는 밥 한 톨은 불보살님의 살점이요. 마시는 물 한 모금은 불보살님의 피라는 것을 알고 그 은혜에 보답함을 잠시도 잊지 말아야 한다.

4

종교는 자기 욕심 채움의 장이 아니다. 모든 일이 이루어지기를 바라는 마음으로 헌금과 기도비를 지불하여 조건부로 부탁하는 것은 신앙이라 할 수 없다. 그것은 마치 메시아를 부동산 중개인을 만드는 것과 다를 바가 없다.

5

간절한 신심 없이 물질을 위주로 하여 소원 성취를 비는 것은 마치 몸과 마음은 남쪽을 향하고 있으면서 북쪽에 이르기를 바라는 것과 같다.

6

전지전능(全知全能)을 실천할 수 있는 자격 요건을 갖춘 자는 육근(六根)*을 충족한 사람뿐이다. 그렇지 못한 신(神)의 존재는 에너지로서 허상일 뿐이다. 무시이래로 지금까지 완벽한 전지전능(全知全能)을 실천해 보인자는 없다. 다만 부모님께서 자손을 생산하신 것은 또 다른 하나의 독립된 세계를 창조하신 것이니 그것이 바로 전지전능한 신통력이다.

*육근(六根): 안이비설신의(眼耳鼻舌身意) 눈·귀·코·혀·몸·뜻

7

성현이나 선조들께서 걸어가신 생의 길을 믿고 따르는 것도 신앙(信仰)이며 걸어가신 뒷모습을 닮고자 하는 마음이 기도(祈禱)이다. 또한 가신 그 길을 배우며 따리

가는 것이 수행이며 그로 인해 언젠가는 깨달음으로써
지혜를 증득하게 될 것이다.

8

세상에는 찻잔에 가득한 향기로운 차가 많지만, 육근
(六根)을 통한 일상의 경계에서 정신적인 마음의 향기
로운 차 한 잔을 마실 수만 있다면 "나물 먹고 물 마시
니 어허둥둥 배부르고 대장부 살림살이 이만하면 족하
지."라는 도리를 알아서 해와 달을 손바닥 위에 올려
놓고 공기놀이를 할 수 있게 될 것이다.

9

난생(卵生), 알로 태어나는 것은 눈을 감았다 뜰 때 아래
눈까풀이 위로 오르내린다. 부리는 딱딱하고 혀는 두
개로 포개져 있거나 갈라져 있으며 발가락사이가 연결
된 것이 있다.

10

태생(胎生), 태로 태어나는 것은 눈을 깜박일 때 눈까풀이 위에서 아래로 오르내린다. 손과 발이 있고 새끼에게 젖을 먹이며 치아를 갖추고 육근(六根)을 갖췄다.

11

화생(化生), 화하여 태어나는 것은 허울을 벗는다. 눈이 마치 선글라스를 쓴 것과 같은 느낌이다. 다리가 여러 개로 되어 있다. 그리고 모든 생명은 화생을 겸하고 있다.

12

습생(濕生), 습으로 태어나는 것은 몸에 뼈가 없고 눈과 귀 코와 혀가 없는 경우가 많다. 몸집이 아주 작고 다리가 여럿인 것도 있다.

13

작년에 보았던 산과 올해 보는 산은 똑같은 산이되 분명히 다르게 보이고 느끼는 감성마저 다른 것은 사람마다 세월 따라 변해가는 자성적 감성 변화로 인한 것이니 진리를 품어 안은 자연에서 참다운 삶의 길을 찾아야 한다.

14

대자연은 잠시도 쉬지 않고 진리의 법을 설하고 있지만, 그 소리를 흘려듣고 깨우치지 못하는 것은 중생들뿐만 아니라 인간의 어리석음과 자성의 혼탁함 때문이다.

15

이 세상 두두 물물 모두가 부처와 중생이다. 그러므로 가족도 중생일 뿐 남이라는 일방적인 차별 심으로 인연과 집착을 끊으려고 하는 것은 인과응보를 부정하는 것이다.

16

성직자는 모든 중생의 아픔과 고통으로 자신의 행복을 찾거나 누려서는 안 된다, 오히려 자신의 아픔과 고통이 모든 중생에게 행복의 씨앗이 되어 누릴 수 있도록 도와주어야 한다.

17

성직자의 정신은 우주 삼라에 가득한 공기처럼 언제나
오염되지 않고 맑고 깨끗하여 무한한 생명력으로 모든
중생의 자성적 활력소가 되어야 한다.

18

성직자의 마음은 모든 오물도 마다하지 않고 소리 없이
묵묵히 받아들이는 푸른 바다와 넓은 대지처럼 삶에 지친
중생들 몸과 마음의 아픔을 치유하기 위하여 어머니의
넓고 따뜻한 가슴으로 보듬어 안을 수 있는 대 자비심
이 있어야 한다.

19

성직자가 지나간 발자국은 비록 초췌한 뒷모습일지라
도 한 치의 어긋남도 없는 밝은 해와 달을 비롯한 자연
의 순리처럼 모든 중생이 믿고 따를 수 있는 정신적 육
체적 삶의 본이 되어야 한다.

20

성직자의 말 한마디는 칠 년 가뭄의 단비처럼 온화함
속에서도 때로는 감히 범접할 수 없는 단호함이 있어
모든 중생이 무한한 꿈과 희망의 꽃을 피울 수 있는 용기
와 칭찬에 인색하지 않은 진리의 길잡이가 되어야 한다.

21

성직자의 몸은 한 줌의 흙으로 돌아가되 모든 중생을
비롯한 대자연의 무한한 물질적 성장의 풍요로운 거름
이 되어 삶을 영위하는 동안 받은 큰 은혜에 보은해야
한다는 것을 중생들이 알게 해야 한다.

22

성직자는 종교라는 또 다른 영역에서 모두가 갈망하는
영원한 평화와 행복을 근심해야 한다. 그리고 지혜를
증득하여 영혼의 안식처를 얻을 수 있도록 길을 인도하
는 선도자의 입장에서 말하고 실천해야 한다.

23

성직자의 마음과 눈은 물처럼 맑고 깨끗함 속에 온화하며 바라만 봐도 어린아이처럼 천진난만함과 고고함이 있어야 한다. 그리고 일상의 삶과 모든 행의 본(本)이 되어야 한다.

24

법적 제도나 교육과 종교 등 외적 형식으로는 인간을 구원할 수 없다. 윤회하는 삶의 질곡에서 영원한 평안과 행복의 빛이 될 수도 없다. 다만 평안과 영원한 빛은 자신의 심적 내면에서 스스로 어두운 마음의 문을 열어 심득개명(心得開明) 하지 않으면 어렵다.

25

잘못된 관습(慣習)과 마음 씀씀이를 고치지 않고 깨달음을 얻거나 지혜를 증득하려고 하는 것은 마치 깨진 독에다 물을 붓는 것과 같고 모래로 밥을 짓는 것과 같다.

만유의 길

26

지각과 감각이 혼탁하면 자성은 따라서 혼탁함에 가려
짐을 알아야 하고 자성이 혼탁해지면 일거수일투족의
행이 불안할 수밖에 없다.

27

생각뿐만이 아니라 벽을 가려도 볼 수 있고 미립의 사물
과 마음의 작용까지 보는 데 자유자재하다는 것을 관자
재(觀自在)라 한다.

28

유정(有情) 중생으로서 위로는 보리를 구하고 아래로는
중생 제도하는 사람을 보살(菩薩)이라 한다.

29

기분이 좋으면 누가 뭐라 하지 않아도 콧노래를 부르고
손으로는 다른 사람의 일을 도와주며 행복해하듯
우리가 가진 일천의 손과 눈은 마음먹기 따라서 행(行)
함으로 인하여 생겨났다가 없어지는 것이다. 이것을
천수 천안이라 한다.

30

누구에게나 일천의 손과 눈이 있다. 이것은 일상에 따라 무한대로 늘어난다. 시와 때와 장소에 따라 변하는 손과 눈의 모습은 마음 작용에 의한 것이기 때문이다.

31

초인간적이고 초자연적인 경계를 뛰어넘어 공한 경계를 깨달았다 할지라도 말과 글을 통한 자신의 경계를 가르쳐 남이 알게 하기는 어렵다. 내가 먹는 음식 맛은 혀끝만 알 듯 남이 그 맛을 알게 하기는 어려운 것과 같다.

32

깨달음을 얻게 되면 어제도 오늘도 분명히 자성(自性)은 변함없지만, 산은 산이되 어제의 산이 아니요 강은 강이되 어제의 강이 아니듯 정신적 세계는 상상을 초월하는 경계의 차이가 있게 된다.

33

잘못을 저질러 놓고 후회하는 것은 어리석은 일이지만,

22

삶 속에서 반복되는 어리석음을 고치지 못하는 것이야
말로 어리석음을 넘어 무지의 극치다.

34

사람이 볼 때는 별것 아니라고 생각하는 길가에 초라한
풀 한 포기와 기어 다니는 벌레뿐만이 아니라 미생물까
지도 생(生)한 그 자리에서 어떻게 사느냐가 미래의 생
(生)과 삶의 질을 결정한다.

35

사람의 생이 윤회의 수레바퀴 속에서 이 몸을 받기
위해 노력하여 얻은 결과인지를 안다면 살아온 지난날
을 다시 한번 뒤돌아보며 후회하는 삶을 살지 않을 것
이다.

36

육신은 멸하되 영혼은 불멸한다는 도리를 깨달아 분명
하게 아는 것 이것이 영원히 사는 것이다. 그렇지 못하
면 하루하루 산다는 것이 바로 미물 생명과 다름없는
죽음으로 가는 길일뿐이다.

37

아주 작은 불씨 하나가 일만 이랑의 들을 태우고 한 방울의 낙숫물이 능히 바위를 뚫듯이 비록 보잘것없는 새싹이 자라 큰 나무가 되는 것처럼, 지혜로운 사람은 작은 일부터 삼감을 잊지 않지만, 어리석은 사람은 일이 커진 뒤에야 후회한다.

38

각(覺)에는 미각(微覺)과 소각(小覺) 그리고 중각(中覺)과 대각(大覺)이 있다. 이러한 각(覺)은 우주 삼라를 꽉 채워 팽창해 있지만, 다만, 사람이 모르고 있을 뿐이다.

39

부처님께서 육 년 고행으로 깨달으신 각(覺)은 대각(大覺)에서도 최상위의 각을 증득하신 것이기 때문에 중생들이 생각할 수 없는 무한대의 경지이다.

40

일상에서 깨달음으로 인해 얻게 되는 지혜는 순간순간

지식을 통해서나 말과 경험을 통하여 얻게 되는 분명한 깨달음이지만, 다만 그것이 미각인지 소각인지 각(覺)이라는 것을 사람들이 모르고 있을 뿐이다.

41

부처님께서는 사람의 마음속에 풍선처럼 부풀어 있는 허상을 모두 지울 뿐만 아니라 바른 마음의 참모습을 신비 속에 가려져 있는 신의 존재보다 더욱더 뛰어나게 보시고 모든 법은 마음이 짓는다는 일체유심조(一切唯心造)를 말씀하셨다.

42

신앙생활을 하지 않을 때보다 종교를 신행할 때는 가족이 더욱더 화목하고 행복을 함께 공유할 수 있어야 한다. 종교를 신행하므로 해서 가정이 분열되고 행복이 깨진다면 그러한 종교는 신행할 이유가 없다.

43

종교는 내 편 네 편이 아닌 모든 존재를 인정하는 것이다. 인간적으로 부모님에게 효도하는 것을 근본으로 하여 만나고 헤어지는 인연과 함께 진리적 삶을 공유하면서 행복하게 살아갈 방법과 인과응보에 의한 미래생의 원리를 가르치는 것이기 때문에 더욱더 상대를 이해하고 배려할 줄 알아야 한다.

44

인연은 마음대로 할 수 있는 것이 제한적이듯 만나고 헤어지는 것은 마음대로 할 수 없는 예측 불가한 일이다. 그러므로 만나고 헤어짐에도 진실한 마음이어야 새로운 만남에 꽃을 피울 수 있다.

45

한평생을 사는 동안 만남과 이별은 헤아릴 수 없이 많다. 대부분 그런 일들이 바람이 불어 스치듯 예측할 수 없이 이루어지고 일상적인 생활과 삶의 중요한 일부분이 되기도 한다. 좋은 인연을 만나는 것은 매우 복된 것이므로 아름다운 만남을 위해서는 특히 어떻게 헤어지느냐가 더욱 중요하다.

46

'원수를 맺지 말라'하고 가르치는 것은 사실상 이치에 맞지 않다. 물론 원수 지는 일이 없도록 하는 것은 좋은 것이지만, 원수는 누구나 자신의 잘못을 모르고 상대 탓을 하는 분노로 인한 감정의 응어리로 일방적인 경우가 많기 때문이다.

47

원수를 지음에 있어 부처님께서는 잘못된 모든 일은 너 자신의 탓임을 알라 하셨고, 예수님께서는 원수를 사랑하라 하셨다.

48

우주의 근본체성은 삼라에 존재하는 모든 생의가 받아들이고 쓸 수 있는 물질적 핵심 원소로서 생의 그릇에 따라 명이 다할 때까지 무한대로 공유할 수 있는 절대 불변하는 진공묘유의 묘법체로 인간의 본성 또한 이와 다르지 않다.

49

우주의 근본체성은 억조만 분의 일 아니 말과 글로써 표현할 수 없는 원소와 분자의 만남으로 인해 무한 발전하여 삼라의 모든 류가 존재하게 되는 신통묘용의 보고(寶庫)이다.

50

우주의 근본체성은 인간 본성뿐만 아니라 모든 자연을 비롯한 동식물의 생의를 갈무리하고 있기 때문에 존재 또한 무한하다.

51

수행으로 인한 업장 소멸은 하얀 눈이 따뜻한 햇볕을 받아 소리 없이 녹아내리듯 모든 번뇌 망상과 아집을 녹이는 것이므로 업장의 몽우리를 조금씩 소멸하게 하는 것이고 수행으로 인하여 깨달음을 얻어 지혜를 증득하게 되는 것이다.

52

진실한 말과 행동은 듣기가 불편할 수 있지만, 시간이

만유의 길

흐를수록 그 울림의 진동이 크게 다가온다. 그러나 비록 달콤하지만 진실되지 못한 가식적 말과 행동은 시간이 지날수록 그 울림의 진동 소리는 뿌연 안개처럼 흔적 없이 사라진다.

53

지혜로운 자는 불행을 즐기고 행복은 인내할 줄 알아야 한다. 힘든 어려움을 괴로워하는 자는 절대로 행복의 참모습을 볼 수가 없다.

54

진흙 속에 빠져보지 않으면 연꽃의 오묘한 향기를 알 수가 없듯이 배고픔과 어려움을 경험하지 않은 자는 쌀 한 톨의 소중함과 진정한 행복의 의미를 알 수가 없다.

55

낮이 밤이 되고 밤이 낮이 되어 돌고 도는 것처럼 사람도 태어남이 죽음으로 가는 길이요 죽음이 다시 태어나는 길임을 알면 삶이 더욱더 여유로워질 것이다.

56

칭찬과 격려의 말 한마디에 천년 굳은 바위도 춤을 추고 시련 속에 핀 연꽃의 향기는 혼탁한 영혼을 맑게 정화하듯 인내는 쌓여 날카로운 칼이 되지만, 이해는 쌓여 부드러운 솜털이 된다.

57

소리 없는 삿된 생각이 조용하지만, 천둥 울림으로 혼란스럽고 형상 없는 헛된 꿈은 안갯속에 숨어 흔적이 없지만, 마치 고무풍선과 같이 바람이 들고 낢에 생사가 결정되듯 태어나는 순간 죽음은 가까워지고 죽는 순간 또 한생이 눈앞에 다가오니 어느 때를 다시 만나 이 마음을 제도할 것인가.

58

사람은 누구나 나에게는 없고 남이 가진 것을 쫓아 얻고 이루려고 한다. 그러나 그것은 불행을 부르는 지름길이다. 오히려 행복하기 위해서는 상대에게는 없고 나에게 있는 것을 찾고 개발하는 것이 더욱더 빠르기 때문이다.

만유의 길

59

키가 너무 크면 늘어진 나뭇가지에도 고개를 숙여야 하듯 몸과 마음의 이상이 높으면 일상의 생활에서도 부딪치는 일이 많다. 그러나 하심 하는 말과 행동에는 어디를 가나 적이 있을 수 없다.

2

보이지 않는
작용을
찾기 위해
가는 길

60

사람에게 모두 갖추어져 있지만, 보이지 않으므로 인하여 알지 못하고 있는 마음의 실체를 찾아 만물의 영장(萬物의靈長)으로서 곧고 바르게 생명 있는 모든 유(類)를 포용할 수 있는 진리에 부합되는 삶의 길을 향해가는 끝없는 노력이 마음 수행이다.

61

모난 그릇을 둥글게 만들고 혼탁한 물을 정화하듯이 어두운 밤길을 밝히기 위해 촛불을 켜는 과정과 같고 메마른 나무에 물을 주는 것과 같다. 끊임없이 쇠붙이를 담금질하는 것처럼 몸과 마음을 통하여 나쁜 습(習)을 버리고 바른 진리의 길을 찾아 끊임없이 노력하는 것이 수행이다.

62

일상의 삶 속에서는 가장 먼저 자신의 지식을 쌓기 위한 학문을 비롯한 전문적인 일부터 배우고 익혀 아는 것이지만, 더 나아가서는 안이비설신의(眼耳鼻舌身意)

에 의한 잘못된 습(習)을 고치고 지혜를 증득하여 자성의 본체를 알며 더 나아가서는 여섯 가지의 신통력*을 얻게 되는 것이 깨달음이다.

*육신통: 천안통(天眼通), 천이통(天耳通), 타심통(他心通), 숙명통(宿命通), 신족통(神足通), 누진통(漏盡通)이다.

63

몸과 마음으로 부딪치며 경험하는 것은 살아있는 공부이지만, 말과 글로 배우고 익히는 것은 일상의 삶을 실천하기 전까지는 잠든 공부에 불과하다. 그러므로 삶의 흥망성쇠는 자신의 몸과 마음의 노력과 실천에 따라 결정된다.

64

종이로 만든 공책 위에 연필로 쓰는 글은 마음속의 감성으로 그림을 그리지만, 나무 막대기 하나로 땅바닥 위에 눈물로 쓰는 글은 마음속의 응어리진 한스러운 청운의 꿈을 키운다.

65

말과 글로만 똑똑하고 유식하여 천 편 시 만장 후를 설하는 죽은 공부보다 한 걸음 두 걸음 자연과 더불어 숨쉬고 행동으로 몸소 실천할 수 있는 살아 있는 공부가 더 소중함을 알아야 한다.

66

일상적인 삶의 고통이 괴롭고 힘들지만, 이것은 뼛속 깊이 스며드는 몸과 마음의 살아 있는 공부를 학습 중이라는 것을 알고 나면 이 마음 한번 어떻게 쓰느냐에 따라서 삶의 질이 확연히 달라질 것이다.

67

생이 무엇인가! 삶이 무엇인가! 어디에 물을 곳도 없고 누가 가르쳐 주지 않아도 행주좌와(行住坐臥) 어묵동정(語默動靜)에 마치 밤길을 잃고 산속을 헤매는 나그네처럼 걸음걸음마다 염불과 화두(話頭)로 행선(行禪)을 하다 보면 어느덧 동살이 다가와서 가는 길을 환하게 밝혀 줄 것이다.

68

삶 속에서 가장 어려운 것은 기쁘거나 슬플 때마다 행복은 누리고 싶고 괴로움은 벗어나고자 하는 그 마음을 초월하여 평온을 찾는 것이다.

69

악기를 연주하려면 현을 고르게 당겨야 아름다운 소리를 낼 수 있듯이 자신의 몸과 마음을 스스로 조련하고 절제하여 넘침도 부족함도 없게 해야 비로소 삶의 승자가 될 것이다.

70

생과 사를 거듭하는 모든 존재는 잠시 인연으로 모였다가 스러지는 윤회의 흐름일 뿐이다. 구름이 모였다가 흩어짐을 반복하듯 인생 또한 물질이나 정신적으로 영원할 것이라 집착하게 되면 죽음을 눈앞에 두고 번갯불이 번쩍이는 때를 당하여 겪게 되는 고통은 너무 아플 것이다.

71

천하의 영웅호걸도 세세생생 뼈와 살을 물려주신 선조
님들의 존재도 백 년 광음에 뚜렷이 남아 있는 것은 어
디에도 찾아볼 수 없다. 이처럼 인생은 무상하여 덧없
는 것이니 살아 숨 쉬는 동안 이 마음을 잘 관조하여 쓰
고 행함에 신중해야 한다.

72

아무리 힘들고 어려운 상황으로 목숨이 경각 지경에 이
르렀다 할지라도 자신의 의지에 따라서 스스로 극복하
지 못할 것은 없다, 다만 가장 중요한 것은 자신과의 싸
움에서 마음을 조복 받는 것이다.

73

바다 밑 깊은 물이 고요하듯 맑고 깨끗하여 흔들림 없
는 진심(眞心)만을 지닐 수 있다면 아무리 어렵고 힘든
시련이 닥쳐와도 헤쳐 나갈 수 있다, 설사 죽음이 목전
에 있을지라도 전혀 두렵지 않을 것이다.

74

우주 삼라는 부처님의 법신이며 일상의 모든 소리는 부처님의 범음이다. 바람 소리를 듣고 곡을 쓰고 비가 오는 날은 창밖을 보며 시를 쓴다. 하얀 눈 내린 들판을 보며 마음속 풍경을 그리고 가슴을 타고 흐르는 맥박 소리에 악기를 연주한다. 이 모두 부처님의 음어화주(音語畫奏)가 마음의 감성 채널과 함께하여 얻게 되는 현상으로서 누구나 할 수 있다.

75

사람들이 오가는 저잣거리와 시장 등에서 왁자지껄하는 소리와 아름다운 새소리 더러는 사람들의 싸우는 소리 등, 기계음과 혼탁한 모든 소리가 부처님의 범음임을 알고 접하면 반드시 멀지 않은 때를 만나 심득개명(心得開明) 하게 될 것이다.

76

굽은 길과 곧은길, 높은 길과 낮은 길, 넓고 좁은 길도 있다. 바람 불고 눈비 오고 덥고 추운 길을 가나 때로는

만유의 길

지쳐 쓰러질 때도 있다. 자연이 이럴진대 하물며 사람이 한평생을 사는 동안 무슨 일이 없겠는가. 명색이 만물의 영장인 사람에게 좋은 날만 있을 것이라고 믿는다면 그것은 어리석은 생각일 뿐이다.

77

배고픈 이 밥을 주고 헐벗은 이 옷을 주고, 병들은 이 약을 주어 생의 부정한 잔재들을 치우고 목욕시켜 봉사를 한다 해도 봉사는 봉사가 아닐 때 봉사라 이름할 수 있는 것이니, 모름지기 수행자에게는 절대로 봉사라는 마음이 있어서는 안 되며, 당연히 자신이 해야 할 일임을 알아야 한다.

78

물질로 된 몸과 에너지로 된 마음이 활동을 멈추고 분리되는 것을 죽음이라 한다. 몸과 마음이 분리되면 물질은 자연으로 돌아가지만, 마음(에너지, 영혼)은 죽거나 멈추지 않고 또 다른 생에서 몸이라는 옷을 갈아입기 위하여 우주 삼라를 윤회한다.

79

물질(科學)과 마음(哲學)이 합쳐 이루어진 생명일 때는 살았다 하고 서로 분리되면 죽었다 한다. 그러므로 진정한 죽음의 의미는 지금까지 마음이 입고 있던 몸이라는 육신의 옷을 벗고 새로운 몸의 옷을 갈아입기 위한 과정과 결과일 뿐이다.

80

새로운 몸이라는 옷은 자신이 이생에서 살아온 업연(業緣)이라는 결과에 따라서 육도(六道)를 윤회(輪廻)하며 받게 되는 것이기 때문에 어떠한 결과를 받게 될지는 알 수 없다. 다만 태어날 때 받는 몸이 마음의 옷이다.

81

신통력은 신(神)만이 할 수 있는 허황한 것이 아니다. 그것은 세상 모든 만물이 부분적으로 다 갖추고 있기 때문이다. 그중에서 사람은 신통력의 보고(寶庫)라고 할 만큼 많은 능력을 갖추고 있다. 마음만 먹으면 웬만

한 것은 스스로 처리할 수 있는 능력이 바로 신통력(神通力)이다.

82

모든 생명은 태어나는 순간 나름대로 신통력을 가지고 태어난다. 대부분 생각하기를 신통력이란 아무것도 없는데 '빵' 하면 나타나고 사람이 하늘을 날고 볼 수 없는 것을 보는 등 마치 신(神)만이 신통력을 지니고 있는 것처럼 생각하지만, 신통력은 누구에게나 다 있다.

83

길을 가는 것도 달리는 것도 말할 수 있고 이것저것 만들 수도 있고 생각으로 많은 것을 창조하는 것뿐만 아니라 마음과 더불어 손과 발을 이용하는 일상의 모든 일이 모두 신통력이다.

84

사람의 신통력이란, 자손을 출산하는 것부터 그림을 그리는 것도 악기를 연주하는 것도 재료를 사용하여 제품을 만드는 것도 컴퓨터를 이용하여 작품을 만들고 계산을 하는 등 일상의 모든 일들이 바로 신통력이다.

85

비록 신(神)이 있다고 할지라도 다른 사람의 죄를 대신 사해줄 수 있는 능력은 없다. 죄는 상대적이기 때문이다. 다만 지혜로운 자는 죄를 사할 방법을 가르쳐 줄 수 있다. 이것이 마음의 실체를 알고 행할 수 있는 절대불변의 진리이다.

86

진리는 마음에 의하여 노출되는 하나의 만물상이다. 다만 용(用)에 있어서는 흑과 백 같고 동전의 양면과 같다. 이것이 있으니, 저것이 있고 사랑이 있으니 미움이 있고 성공이 있으니, 실패가 있는 것과 같다.

87

잠시 머물거나 주하고 있는 그곳이 어디든 행주좌와 어묵동정에 편안과 즐거움이 한결같아 마음속에 번뇌 망

상과 괴로움이 없다면 그곳이 바로 극락이오. 천당이
다. 그러므로 그보다 더 특별한 원력 성취는 없다.

88

조용히 눈을 감고 신선처럼 고고한 모습으로 세상의 모든
번뇌 망상을 떨쳐 버린 듯이 가부좌로 중생을 향하여
사자후를 토하고 있지만, 마음속 번뇌 망상에서 벗어날
수 없다면 스스로 속고 속이는 꼭두각시놀음일 뿐이다.

89

새소리 바람 소리 나뭇잎 흔들리는 소리 물 흐르는 소
리 등 자연의 모든 소리를 법문이라 생각하며 귀를 기
울인다면 마음공부에 큰 도움이 되어 인연이 도래할 때
반드시 진리를 깨닫게 될 것이다.

90

생명 있는 모든 유(類)는 우주 삼라 무지갯빛 도화지
위에 그림을 그린다. 자성의 그릇 속에 담겨있는 감성
의 물감으로 삶이란 강물에 젖은 생각의 붓으로 마음

가는 대로 그림을 그린다. 일상의 모든 일을 하나도
빠짐없이 그려서 갈무리한다.

91

보이지 않는 무형 색은 마음속에 갈무리고 유형의 형형
색색 아름다운 물감으로 삶과 인생을 그린다. 더러는
잘못된 배합에 따라 흉하고 탁한 물감이 되기도 한다.
꿈과 희망을 스케치하여 성취의 만족으로 행복을 그리
기도 하지만, 간혹 슬픔의 눈물로 색상이 퍼지는 아픔
을 겪기도 한다. 그렇게 수를 놓듯 일생을 그리고 있다.

92

한 걸음 두 걸음 삶이란 이름으로 몇백 년을 살 것처럼
행복을 추구하며 삶을 영위하고 있지만, 늘어나는 발자
국 위에 펼쳐진 길이 바로 죽음이라는 내 고향 황금토
(黃金土)로 가는 길임을 알아야 한다.

93

잘못된 모든 일을 상대의 닷으로 돌리면 원망하는 마음

이 더욱 크게 일어나고 자신의 탓으로 돌리면 오히려 미안한 마음으로 인하여 모났던 마음 쓰임이가 원만해져서 편안을 얻을 수가 있다.

94

사랑하는 마음만큼 미운 마음은 그림자로 숨고 미워하는 마음만큼 사랑하는 마음은 마음속 향기로 잠들어 따뜻한 봄을 기다리고 있다.

95

깨끗하다 더럽다 번거롭다 한가롭다 고요도 산란도 모두 부질없는 마음의 장난인 생의 잔재들이다. 이러면 어떻고 저러면 어떠랴, 그냥 바람이 부는 대로 발길이 닿는 대로 인연 따라 순리에 역행하지 않으면 될 것을 공연히 몸부림치며 괴로워하고 있다.

96

마음에 이끌려 눈으로 나쁜 것 보지 말고 귀로는 나쁜 소리 듣지 말며, 코로는 악취를 멀리하고 입으로 악담

하지 말며, 몸으로 나쁜 짓 하지 말고 뜻으로는 느낌에
취하여 나쁜 습(習)이 굳지 않도록 해야 한다.

97

언행을 조심해야 한다. 가장 가까운 자기 눈도 보지 못
하면서 상대의 허물을 말하지 말고 자신의 뒷모습도 보
지 못하면서 남의 잘잘못을 논하지 말아야 한다. 순간
적 혼탁한 마음에 취하여 깃털보다 가벼운 세 치 '혀' 놀
림에 생사가 위태로울 수 있다.

98

어리석은 마음은 괴로움을 더하고 잘못된 습관은 몸을
고통스럽게 한다. 인색함이 지나치면 삶은 더욱더 건조
해지고 부패함이 지나치면 꿈과 희망의 아름다운 꽃마
저 시들게 한다.

99

지혜로운 사람은 칠흑 어둠에 갇혀도 찰나의 빛 속에서
살게 되지만, 어리석은 사람은 밝은 세상에 살아도 몸

과 마음은 끝없는 욕심과 향락에 취하여 혼탁한 늪 속
으로 빠진다.

100

몸의 질병과 육체적 괴로운 고통은 육신을 조련함이오.
정신적 시련과 고통은 마음의 작용을 가르침이니, 이
모두가 참 스승임을 잊지 말고 열심히 배워야 한다.

101

한 마음으로는 세상의 모든 일을 처리할 수 있지만, 두
마음으로는 어렵다. 두 마음은 보이지 않는 티끌에서도
그 힘이 나누어지기 때문이다.

102

눈으로 볼 수 있는 것은 거리와 크고 작은 것 밝고 어두
움의 한계가 있지만, 마음의 눈은 천리 밖의 일과 어둠
속에서도 모든 것을 볼 수 있다.

103

성인과 범부의 차이는 지혜로움과 어리석음으로 주었
느니 받았느니 사랑하고 미워하는 마음 이후 전혀 바람
이 있고 없는 마음 씀씀이의 흔적과 실천행에 의한 차
이일 뿐이다.

104

말은 마음의 소리다. 생각 없이 내뱉은 말 한마디를 몸
과 마음으로 실천함에 인색한 것은 바로 탐욕심(貪慾
心)으로 인한 방일함과 성실하지 못함 때문이다.

105

모든 일을 쉽게 이룰 수는 없다. 다만 노력은 최대로 하
되 거기에 상응한 결과는 순리에 맡기고 기다릴 줄 알아
야 한다. 그러면 세상 사람은 그를 두고 욕심을 떠난 지
혜롭고 덕을 두루 갖춘 현명한 사람이라 말할 것이다.

106

물이 가득한 욕탕에 한 사람이 더 들어가면 물은 넘치

게 되지만, 우주를 비롯한 지구에는 한 사람이 더 태어
나거나 백 명 천만 명이 더 태어난다 해도 욕탕의 물처
럼 넘치지 않는 이치를 생각해 봐야 한다.

107

우리가 살고 있는 지구나 우주의 공기가 넘치거나 줄어
들지 않고 지금까지 존재하는 것을 알면 진리의 흐름을
참으로 안다고 할 것이다.

108

사람의 마음은 우주 삼라의 모습과 같아서 넘침도 부족
함도 없이 여여(如如)하지만, 마음의 고삐 한번 잘못 당
김에 따라서 끝없는 나락으로 떨어지게 되는 것이다.
그러므로 무한 광명 속에서 해와 달을 두 손에 올려놓
고 공기놀이하듯 할 수 있는 것은 마음 쓰기 나름이다.

109

우주 삼라를 마음의 본성(本性)으로 본다면 자동차는
내 몸이고 자동차를 운전하는 운전사는 마음이 되어 도

(道)라는 정해진 길을 따라 한평생 자신만의 생을 영위하는 데 주체적 역할을 하며 삶이라는 길을 가는 것이다.

110
마음은 공기처럼 보이지 않는 에너지와 같은 것이므로 미치지 못하거나 넘침이 없도록 그 씀씀이에 더욱더 조심해야 한다.

111
모든 진리는 자신이 태어나는 순간 마음을 벗어나서는 존재할 수 없으므로 오직 자신이 존재함으로써 생멸(生滅)한다는 것을 알면 삶의 미래가 더욱더 자유롭고 행복할 것이다.

112
내가 바로 우주의 핵심이라는 자부심을 가지는 순간 모든 것을 성취할 수 있는 자격과 또한 메시아가 될 수 있다는 것을 깨닫게 되어 삶을 영위하는 동안 무한한 행복을 누리게 될 것이다.

113

부귀영화의 꿈 안갯속에서 세월 약에 취해 자성(自性)이 혼탁해지면 축생이나 자연 속 또 다른 만물의 삶으로 돌아가는 것은 자신의 의지와는 상관없이 한평생이면 족하다.

114

사람처럼 소위 작은 우주라고 할 만큼 모든 것을 다 갖춘 완벽한 몸으로 태어난 영혼은 없다. 그리고 모든 만물 중에서 사람처럼 가장 뛰어난 삶을 영위하는 존재도 없음에 감사할 줄 알면 그것이 행복이다.

115

사람처럼 눈으로 보고 귀로 듣고 말하고 의식적으로 체감하고 마음으로 판단하여 행동으로 옮기며 지혜를 갖추고 있는 생명체는 없다. 사람의 본성(本性)은 절대불변의 진리적 보배이다.

116

사람의 몸을 받았다는 것은 그야말로 우주 삼라 속에 떠다니는 보이지 않는 티끌 하나가 선택된 것과 같은 행운임을 알고 삶에 최선을 다해야 한다.

117

지각과 감각을 모두 갖추고 사람 몸 받아 태어난 자신이 얼마나 위대하며 절대적인 존재인지 존재만으로도 너무 행복하다는 것을 알아야 한다. 그리고 부모님에게 감사할 줄도 알아야 한다.

118

삶을 잘못 생각하면 행복 누림이라는 꿀 발림의 망상에 취해 쌓고 무너지는 또 다른 생을 찾아 죽음을 향해 가고 있는 나그네의 일상이 될 뿐이다.

119

말은 마음의 소리요, 행동은 마음의 자취이며 결과를 남기는 흔적이다. 감성을 접복한 부정적인 말 한마디는 달콤하지만, 어리석은 이들의 세 치 혀끝 장난에 불과하다. 그러나 지혜로운 이의 긍정적인 말 한마디는 비록 쓰지만 절대불변의 소중한 말씀임을 잊지 말아야 한다.

120

사람은 누구나 우주 삼라의 텅 빈 공허함 속에서 바람으로 흐르다가 인연 따라 한 방울 미진의 이슬로 어머니 뱃속에 스며 태어난다. 생(生)이란 이름으로 순간순간 삶의 현실에서 삶이란 본능적 행위의 노력과 함께 최선을 다하지만, 자신도 모르는 사이 보이지 않는 나쁜 습(習)이 쌓여 굳음을 경계해야 한다.

121

사람이 가장 쉽게 느낄 수 있는 것이 마음의 작용이다. 마치 물결이 출렁이듯 누구나 하루 24시간 자신의 마음이 시시때때로 변하지 않는 사람은 없다. 그러므로 잠시도 마음 씀씀이에 소홀히 하면 안 된다.

122

모든 것은 윤회한다. 사람이나 자연이나 잠시도 머물지 않고 변이 작용을 하고 있다. 비록 변하는 과정을 바로 보고 알 수는 없지만, 일정 기간 시간차로 관찰하면 변하는 것은 사실이다. 모습뿐만이 아니라 보이지 않는 무형(無形)도 마찬가지다. 지금, 이 순간에도 당신의 세포는 변이 작용을 계속하고 있음에 주목해야 한다.

123

인생이 무엇인가 하는 물음 앞에 이것이라 하고 자신 있게 답할 수 있는 사람은 없다. 분명한 것은 이 세상 그 무엇도 똑같은 것은 없고 변하지 않고 영원한 것은 없다. 태어나면 언젠가는 다시 어디론가 돌아가야 하는 절대불변의 진리만 존재할 뿐이다.

124

좋지 못한 일상의 모든 일은 마음의 작용으로 인하여 몸과 마음의 습(習)과 독(毒)으로 남아 말과 행동으로 나타나서 삶에 영향을 준다.

125

몸과 마음의 어리석음으로 인한 욕심은 어둠 속을 파고
들면서 티끌도 과분하여 보이지 않는 먼지처럼 미진의
존재로 자성(自性)이 점점 혼탁하여 희미해지게 된다.

126

존재적 삶은 행복과 불행이란 이름으로 뒤섞여 돌아가
고 있지만, 스스로 알지 못하고 또 다른 성취라는 명분
으로 영원한 행복을 찾고 있는 것, 이것이 범부들의 어리
석은 바람이다.

127

확신할 수 없는 삶과 죽음의 정의를 두고 바로 이거야
하는 것은 사람마다 다르다. 다만 살아 움직이면 삶이
라 하고 숨이 멎어 흔적 없으면 죽음이라 한다. 그러나
본성(本性)은 생과 사를 떠난 자리에 여여(如如)하다.

128

당당하게 세월을 말하면서도 그 누구도 세월의 모습을

본 적은 없고 잡을 수도 없다. 다만 보이지 않는 바람이 나뭇잎이 흔들리면 바람 분다고 하듯이 시간이 지난 흔적에서 세월이 흘렀다고 말하는 것뿐이다.

129

누구나 행복을 추구하는 일상을 살면서도 여유로움 속의 평화는 찾을 수 없고 마음은 오히려 찰나에 쫓기거나 끌려가면서 살고 있다. 생각해 보면 그것은 지각없는 저 나비가 불빛을 탐하여서 촛불에 날아드는 것과 같은 분주한 삶에 불과하다.

130

보이지 않지만, 잠시도 없어서는 안 될 공기와 물을 비롯한 생의(生意)와 생명(生命) 있는 자연의 고마움과 스치는 인연들의 가르침 속에서 이뤄지는 성취가 자신에게 얼마나 많은 행복을 안겨주고 있는지 그것은 힘든 시련 속에 감춰진 것보다 더 큰 행복의 보고(寶庫)라는 것을 스스로 깨달아야 한다.

만유의 길

131

이 세상 선연 악연 할 것 없이 모든 인연과 보잘것없는 그 무엇 하나도 삶을 살아가는 데 참 스승 아님이 없다.

132

가을마당에 나뭇잎 하나가 떨어져도 바람이라는 순리에 따를 뿐 다툼이 없다. 이른 봄 새싹이 돋는 것도 절대로 다툼이 없다. 그러나 동물은 배고픔과 자신의 영역을 지키기 위해 싸우지만, 사람은 배가 부르고 머물 집이 있어도 몇백 년을 살 것처럼 그 무엇을 더 얻고 누리기 위해 욕심을 내려놓지 못하고 있는지 알 수 없는 어리석음이 있다.

133

검소함은 절약하거나 아끼는 것이 아니다. 불필요한 것을 욕심내지 않고 사용할 때 사용하고 있어야 할 자리에 있게 하는 것이다. 꼭 사용할 것은 그 양만큼 사용하고 어떤 대상이라도 인연의 본분을 다하여 넘침도 부족함도 아닌 만족함을 아는 그 마음 씀이 검소함이다.

134

참을 인(忍)은 마음 위에 칼날을 얹어 놓은 형상이다.
현실적인 상황을 이해하여 풀지 않고 치밀어 오르는 화
를 오랫동안 참기만 하다 보면 언젠가는 마음 그릇에
따라 순간적인 감정을 억누르지 못하므로 인해 인(忍)
의 칼날이 마음에 상처를 주게 된다.

135

마음 위에 칼날을 얹어 놓은 참을 인(忍)은 작가가 시나
리오를 쓰듯 마치 어머니가 아들딸을 사랑하고 보듬는
자애로운 마음처럼 충분히 이해하는 연민의 마음으로
참게 되면 정신적 아픔으로 인한 상처는 남지 않는다.

136

사람이 특별한 것은 다른 동물들이 가지지 못한 지혜
로 생각하며 말로써 서로 소통할 수가 있는 것이다. 이
것은 정말 소중하고 고귀한 것이어서 그 무엇과도 바꿀
수 없는 절대불변의 보물임을 알아 서로를 존중하며 말
과 행동에 배려함이 있어야 평등한 것이다.

137

내 잘났니 네 잘났니 내 잘했니 네 잘했니 다투는 것은 보이지 않는 사람의 마음 틀에서 벗어나 허공 꽃과 같은 아상(我相)의 그물망에 갇혀 벗어나지 못하고 있기 때문이다.

138

보이지 않는 자존심에 취해 벗어나지 못하는 것이나 생각할수록 자존심 상하지만, 자존심을 내려놓지 못하는 것도 자신을 제어하지 못하는 실로 어리석음의 극치다.

139

사람은 자신이 갖추고 있는 절대적인 행복 요건을 활용하기 위해 최선의 노력을 하고 있지만, 탐욕심(貪慾心)으로 인하여 깊은 골을 따라 흐르는 메아리처럼 오히려 혼탁한 삶의 불안으로 인한 불행만 가중되고 있을 뿐이다.

140

도로가 넓어지고 건물 평수가 넓어져도 세상을 바라보

는 지혜의 눈과 마음은 바늘 끝에도 미치지 못한다. 이
것은 주변을 살피지 않고 이기주의적 사고로 자신만 생
각하는 욕심 때문이다.

141

사람으로서 자긍심(自矜心)을 가졌다면 가벼운 마음으
로 자신의 아름답고 소박한 꿈을 작심삼일(作心三日)로
무너뜨리는 어리석은 선택을 해서는 안 된다.

142

인간의 아름다운 꿈과 희망은 지쳐가는 몸과 마음속에
서 희뿌연 안갯속으로 숨는다. 그것은 내려놓으면 될
것을 내려놓기는커녕 지쳐 쓰러지면서도 탐욕에 이끌
려 천기와 만 기와를 짓고 눈에 보이고 귀에 들리는 것
은 모두 취하려고 하기 때문이다.

143

사람이 소중하게 간직해야 할 것은 아름다운 마음이다.
식물과 동물을 비롯한 모든 자연까지 아우를 수 있는

마음을 실천하는 것 이것이 심덕(心德)의 아름다운 꽃
이다.

144

남이야 어떻게 되던 나만 잘살면 된다는 삶이라면 불신
으로 인한 분열의 골만 깊어지고 나아가서는 인연이 단
절되어 서로가 파멸의 길을 걷게 될 것은 자명한 일이다.

145

남의 그릇에 밥이 많아 보이고 남의 떡이 더 맛있어 보
인다. 남의 물건이 더 좋아 보이고 남이 하는 일이 쉬워
보이는 마음, 그 마음을 바꾸면 행복은 마음속 깊은 잠
에서 깨어날 것이다.

146

눈으로 볼 수 있고 귀로 들을 수 있음에 감사하며 코로
냄새를 맡을 수 있고 혀로 맛볼 수 있음에 감사하며 몸
으로 느낄 수 있고 뜻으로 알 수 있음에 감사한 것이다.
그로 인해 사랑을 실천할 수 있고 행복을 공유할 수 있
으므로 자신에게 더욱더 감사할 줄 알아야 한다.

147

마음만 먹으면 무엇이든 할 수 있는 사람은 세상에 태어나는 순간부터 행복 그 자체임이 분명하지만, 물질적 정신적 누림을 떠난 자신이 스스로 행복의 주체임을 알지 못한다면 그것은 행복하다고 말할 수 없다.

148

사람은 예방과 치료라는 이름으로 병균을 죽이고 피하려고 하지만, 자연은 순리에 따라 모든 것을 소리 없이 받아들인다. 우리도 마음을 비워서 원만하게 되면 자연처럼 초연해질 수 있다. 그리고 그것은 일상적인 고통이 아닌 초연함 속의 고요한 행복이 될 것이다.

149

코로나의 아주 작은 미립자 균에 의해 생과 사의 기로에선 경험을 했지만, 몸과 마음이 안정되니 망각 심으로 어리석은 욕심이 발동하여 자신의 이권에만 혈안이 되는 것을 보면 사람은 망각의 동물임이 확실하다.

150

일부 특권층을 보면 마치 쥐가 덫이 있는 줄을 알면서도 끝없는 욕심 때문에 다시 먹이를 구하다 고귀한 생명을 잃게 되는 것과 다를 바 없는 어리석음을 반복하고 있는데 이것이 무지다.

151

비록 작은 그릇이라도 가득 차면 넘치게 되지만, 미치지 못하거나 채우지 못한 마음 그릇에는 성취의 기쁨이 잠들어 있다는 것을 알고 순리에 따라 노력과 함께 기다릴 줄 알아야 한다.

152

좋은 일에 기뻐하고 슬픈 일에 슬퍼하는 것은 누구나 할 수 있는 일이지만, 행복과 슬픔에도 감정을 드러내지 않고 인내할 줄 아는 사람은 참으로 훌륭한 것이다.

153

기억력이 없어 글 한 자 외우지 못하는 자도 자신의 흥

이나 나쁜 말을 들으면 바로 기억하고 반응하듯이 세상
사 노력하는 모든 일을 그런 마음으로 열심히 하면 안
될 일은 없다.

154

정신적 물질적 주고받음에 있어 받는 모습은 누구나 천
사의 모습이지만, 가식 없이 남에게 베푸는 모습이 자
애로우면 누구에게나 그리운 사람으로 남는다.

155

세상이 아름답게 보이는 것은 마음의 눈이 맑고 깨끗하
기 때문이며 고요함 속의 모든 소리가 분명하게 들리는
것은 마음의 귀가 청결하기 때문이다.

156

실바람 속의 향기로운 냄새를 맡을 수 있는 것은 마음
의 코가 향기롭기 때문이며 자연 속 모든 인연의 맛을
느낄 수 있는 것은 마음의 혀가 감미롭기 때문이다.

157

봄 · 여름 · 가을 · 겨울 사계를 오가는 자유로운 행복은 마음의 옷이 견고하기 때문이며 행주좌와 어묵동정에 걸림 없는, 대 자유는 이 몸의 주인공인 나의 운전수 마음이 자유롭기 때문이다.

158

말 한마디 행동하나에 서로를 이해하고 배려하는 마음이 없으면 오해로 인한 불신의 골이 깊어 신의(信義)를 잃고 천 길 벼랑 끝에 이르게 된다.

159

사람은 태어나는 순간부터 천륜과 가족이라는 명분의 끈에 묶여 대 자유를 잃고 한평생을 지나 사후에까지 마음이 구속되는 것은 집착에서 벗어나지 못하기 때문이다.

160

마음이란? 길 없는 길에서 보이지 않는 모습으로 홀로

그림자마저 감추었다. 우주 삼라의 또 하나 독립된 주인으로서 행주좌와에 분주하나 흔적이 묘연하다.

161

물은 밝은 달과 어우러져 하나 되어 흐르고 구름은 바람과 더불어 스러져 간다. 물이 흘러 바다로 가고 달은 져도 하늘을 떠나지 않듯이 몸은 생과 사에 있지만, 마음은 생사를 초월해 있다.

162

아름다운 꽃은 나비를 부르고 나비는 향기를 따라 모인다. 홍수가 잠든 마을을 휩쓸어 가듯 인간의 삶은 번뇌 망상과 집착의 강을 건너지 못하고 죽음에 이른다.

163

발걸음 자국마다 따르는 소리 없는 행적은 땅에 새기고 들이마시고 내쉬는 들리지 않는 숨소리의 대화는 하늘에 갈무리한다. 이로써 한 생의 행적이 너무나 또렷하게 남아 염라의 서릿발 같은 불호령이 두려울 진대 행주좌와 어묵동정에 삼가고 삼가야 한다.

만유의 길

164

신(神)의 존재는 에너지로서 인연에 의하여 서로 상응함으로 작용하는 것이다. 그러므로 인연에 의해 상응함이 없는 신은 작용할 수가 없다.

3

광활한 공간에

던져진

이슬 한 방울의

몸부림

165

일없이 한가로울 때는 긴장감을 늦추지 말고 내일을 위하여 최선의 노력으로 준비해야 하며 쉴 틈 없이 바쁠 때는 한 걸음 더 여유로운 마음으로 멈출 줄 알아야 낭패하는 일이 없다.

166

명랑함과 지나친 자신감은 넘침이오. 의욕 상실로 인한 심각함은 미치지 못함이다. 지나치게 넘침과 미치지 못함은 정도의 선을 넘거나 생각한 바를 이루지 못할 수 있기 때문에 누구나 경계해야 하는 마음가짐이다.

167

사람의 마음과 머릿속에는 얼마만큼의 채울 창고가 비어있는지 채워도 채워도 채울 수 없는 끝없는 탐욕심은 도깨비의 요술 방망이가 아니고서는 절대로 채울 수가 없음에 주목해야 한다.

168

서 있으면 앉고 싶고 앉으면 눕고 싶고 누우면 자고 싶다. 정상적인 욕심이라면 여기서 끝이 나야 한다. 그러나 모든 것을 성취하고 나면 또 다른 것을 이루려고 한다. 그야말로 끝이 없다. 이것이 바로 탐욕심이다.

169

의식주 그것 말고는 더 이상 필요한 것이 없는데 마치 천만년을 살 것처럼 헛된 욕망에 이끌려 허겁지겁 달려온 삶을 비웃기라도 하듯 언제부터인가 누구나 머무는 자리에는 희미한 그림자가 자화상처럼 자신의 흔적 지울 날만 기다리며 따르고 있을 뿐이다.

170

사람인지 동물인지 구분할 수 없을 만큼 자성이 타락된 삶보다 만물(萬物)의 영장(靈長)인 사람으로서의 자부심을 가진 정심(正心)을 찾을 수 있다면 혼탁한 삶에서 벗어나 대 자유인이 될 것이다.

171

이기고 지는 승패의 잣대로 개인적 성공을 평가하기보다 근면(勤勉)과 성실(誠實) 그리고 노력(努力)하는 인성으로 모두가 함께 손잡고 가는 길이라면 참으로 복된 삶이 될 것이다.

172

혼탁한 삶의 미로에서 이제 어디로 갈 것인가. 이참에 시기·욕기·음해·질투 그리고 번뇌·망상은 천 길 절벽으로 모두 던져버리고 다시 떠오를 새 아침 태양을 보며 힘차게 앞으로 나가야 한다.

173

분명하고 옳다는 확신이 들 때 한 걸음 더 내디디면 희망찬 미래가 있지만, 버리고 내려놓음이 두려워 물러서게 되면 자신의 미래는 암울할 뿐이다.

174

누구나 노력하지 않고 성공할 수 없고 열심히 일하지 않고 잘 살 수는 없듯이 자신이 가고자 하는 곳 이루고

자 하는 일 그곳을 향하여 한 걸음 두 걸음 걷지 않고는 목적지에 이를 수 없다.

175

불평불만이 가득하면 말 한마디도 거칠게 되고 누군가를 의심하게 되면 주위를 살피게 되며 절망하게 되면 눈빛에 힘을 잃게 되고 두려움에 시달리면 잠자리에서도 악몽을 꾸게 된다.

176

좋은 관계는 취하고 나쁜 관계는 끊되 이익에 손을 내밀고 손실에 무 자르듯 한다면 반드시 그로 인한 순리의 흐름에 의하여 또 다른 악연(惡緣) 앞에 서게 되는 곤란을 초래할 수 있다.

177

인연은 자신이 인위적으로 만드는 것이라기보다 보이지 않는 운명적 흐름에 따라 살아 숨 쉬는 공기처럼 천연(天緣)이라 할 수 있다.

178

인간관계를 맺고 끊는 것은 자신의 처신에 따라서 이뤄지는 것이기 때문에 말과 행동의 처신이 참으로 중요한 것이다.

179

인연의 고리는 거미줄처럼 우주를 꽉 채워 그 누구도 연결되지 않음이 없다. 다만 아직 만날 때가 되지 않았을 뿐이다.

180

인연의 흐름 따라 만나고 헤어짐을 반복하며 사는 삶은 무한하여 끝이 없다. 다만, 구르는 인연의 굴렁쇠를 어떻게 굴리며 살아야 하는지 이것이 관건이다.

181

밤낮을 쉼 없이 일하여 얻고 채움을 반복해도 채워지지 않는 마음 그릇의 허전함은 욕심으로 인하여 언제나 괴로움으로 남는다.

182

비워야 담을 수 있고 행복할 수 있다는 단순한 진리를 망각한 채 오늘도 끝없이 채우려고만 하는 그 마음이 번뇌 망상으로 인한 불행을 자초한다.

183

마음 그릇의 혼탁함으로 사고(思考)가 방향을 잃으면 푸른 바다의 한가로운 넘실거림도 거센 쓰나미로 인해 한 순간에 부서지는 것처럼 모든 꿈과 희망은 사라지고 돌이킬 수 없는 불행의 늪에 빠져 허우적거리게 된다.

184

사람은 물질과 명예 등을 소유하기 위하여 시기 · 욕기 · 음해 · 질투를 일삼으며 불행의 성을 행복의 성으로 착각하여 끝없이 앞만 보며 달려가고 있음이 어리석음이다.

185

어느 날 거울 속의 자신을 보는 순간 머리에는 하얀 이슬이 내려앉고 얼굴에는 주름과 저승꽃이 핀 것을 볼 때 이미 때가 늦었다는 것을 알지만, 돌이킬 수 없는 후회만 있을 뿐 흐르는 세월은 그 누구도 멈출 수 없다.

186

올곧게 걸어가는 자신의 뒷모습에는 보는 사람이 무관심한 듯하지만, 비틀거리는 뒷모습을 보면 실망과 함께 고개를 돌려 외면하게 된다는 것을 잊지 말아야 한다.

187

밥을 굶어 보지 않고는 밥 티 한 알의 소중함을 모르고 힘 있고 부유한 자로부터 핍박과 억울함을 당해보지 않고는 자신의 마음 그릇을 알 수 없다.

188

몸에 병이 들어 아프지 않고는 생명의 소중함을 모르고 칼날 같은 말 한마디에 상처를 받아보지 않고는 주고받는 대화의 소중함을 알지 못한다.

189

밥공기에 담긴 배고픔의 눈물 한 그릇을 마셔본 자는 밥
한 톨과 짜디짠 소금의 소중함을 알기에 쉽게 버리지 않
는다. 그로 인해 아무것이나 맛있게 먹고 근검절약함이
일상화되어 삶과 인생의 본(本)이 되고 큰 이익을 얻는다.

190

삶이 힘들고 고달프다고 몸과 마음을 웅크리거나 주눅
들지 마라. 오늘도 내일도 해와 달은 뜨고 지며 보이지
않는 세월 따라 소리 없는 운명은 마음 꽃향기 따라 행
복 한 아름 안고 당신을 기다리고 있다. 다만 당신이 모
르고 있을 뿐이다.

191

모든 일이 어렵다고 지금 당장 하늘이라도 무너질 듯
의욕을 잃지 말고 가슴을 활짝 열자 그리고 저 높고 푸
른 하늘을 한 번 올려다보자. 그곳에는 내일의 성공을
향한 자신의 꿈과 희망이 손 내밀어 활짝 웃고 있을 것
이다.

192

하루하루 힘들게 노력하여 쌓은 자신의 풍요로움은 돌고 도는 자연의 순리에 따라 우리 주변 그리고 누군가의 손실로 인하여 자신에게 온 것이니 주변의 모든 인연에 고마운 마음으로 항상 감사할 줄 알아야 한다.

193

명예를 얻고 물질적으로 넉넉해졌으니 성공했다 하여 자만하면 안 된다. 모든 것이 풍요로운 것은 좋은 일이지만, 돌고 도는 윤회에서 여러 사람의 손을 거쳐 온 물질이 잠시 자기 손에 있다고 좋아할 일은 아니다. 어차피 다시 돌아갈 것이기 때문이다.

194

잘 살아도 못 살아도 하루 밥 세 끼면 족하다. 세월에 장사 없고 백 년 청춘은 있을 수 없으니 모으기만 하다 생을 마치는 개미의 삶을 동경하면 안 된다.

195

참으로 잘 사는 길은 죽음을 앞둔 어르신들에게도 중요
하지만, 내일의 꿈을 쫓아가는 후손들에게도 더욱더 소
중하고 절실한 것이니 물질과 명예보다 참된 인성(人
性)을 유산으로 물려주어야 한다.

196

세상사 모든 일이 마음 먹은 대로 되는 것은 없다. 물론
노력한 만큼의 결과를 얻는 것은 당연하다. 그러나 자
신이 원하는 것을 모두 이루려 하고 이뤄지기를 바란다
면 그것은 지나친 욕심일 뿐이다.

197

사람은 대부분 땀 흘린 노력보다는 결과만을 평가한다.
그러나 비록 실패했더라도 태어나서 지금까지 얼마나
많은 생각과 노력을 하고 있는지 그 많은 수고로움을
다 알 수는 없다. 그러므로 누구에게나 따뜻한 말 한마
디와 격려의 박수가 필요한 것이다.

198

삶에서 실패하는 원인은 성공과 실패를 반복하는 과정에서 부단한 노력이라는 정신과 육체적 에너지 소진으로 말미암아 의욕 상실이라는 미미한 생각의 한계에 이를 수밖에 없기 때문이다.

199

인간의 삶이란, 혼자 있으면 외롭고 둘이 있으면 번거롭지만, 이것이 인생이다. 사람뿐만 아니라 모든 동물도 짝이 있고 풀과 나무도 암수가 있듯이 모든 만물은 음양과 더불어 오행으로 이루어진다.

200

사람들은 세상이 변했다고 한다. 그러나 생각해 보면 세상이 변한 것이 아니다. 물질문명이 발전할수록 개인적 이기주의로 사람이 변한 것이다.

201

나이는 숫자에 불과하다는 말이 있다. 반대로 이 나이

에 무엇을 해 하고 말하는 것은 인생을 크게 실패한 사람이 남은 생을 포기하는 것과 다름없는 일상적인 말로써 정신적 육체적으로 삶에 전혀 도움이 되지 않는다.

202

예전에는 지금처럼 예방접종을 할 방법이 없었다. 동네마다 전염병이 번지면 많은 사람이 사망하거나 오랫동안 고통을 받았지만, 치료할 수 있는 병원도 없었고 의료시설도 약도 변변치 못해 목숨을 경각에 두고도 나만 살면 된다는 이기적 사고가 아닌 우리 모두라는 이웃의 인정 문화가 있어 서로에게 위안을 준 것이 요즘과 다르다.

203

일상의 만족을 모르고 불평불만으로 가득하여 현실에 대한 부정적인 사람은 금은보화가 태산같이 쌓였다 하더라도 욕심을 충족하기는 어렵다. 그것은 행복이 아니라 스스로 끝없는 욕망의 사슬에 갇혔다는 것을 모르고 있기 때문이다.

204

아무리 경기가 어렵다 해도 집마다 차 없는 집 없고 주말마다 휴일 아닌 직장이 많지 않다. 그것은 바로 소비와 연결되어 경제적 어려움이 가중될 수 있다.

205

언제부터인가 사람들은 인생은 즐기면서 살아야 한다고 말한다. 이해가 안 되겠지만, 즐거운 인생은 만족할 줄 아는 마음에서부터 시작되어야 한다.

206

인생은 마음먹은 대로 생각대로 쉽게 되는 것이 아니다. 순간의 만족을 위하여 나름대로 하고 싶은 것을 다 하고 나면 행복해야 하지만, 행복을 누린 만큼 현실적인 여러 가지 문제가 기다리고 있기 때문에 기쁨보다는 근심만 가중될 뿐이다.

207

지나고 나면 잘하고 못한 일도 조금만 더 잘했더라면

하는 후회가 남는 것이 삶이지만, 모든 일에 최선을 다하여 쉼 없이 노력했다면 결과는 순리에 따르면 된다.

208

지금 나는 어디에서 무엇을 하러 와서 무엇을 향해 어디쯤 가고 있는지는 알지 못하고 인생이란 삶을 연습 없이 올인하면서 많은 시행착오를 겪고 있지만, 반백의 생을 지나도 아직도 어디가 종점인 줄 모른 채, 오늘 이 자리에 서 있는 것이 삶이고 어리석은 인생이다.

209

살아있는 모든 존재는 낮과 밤의 순환을 반복하는 해와 달처럼 넘어지면 일어서고 또 넘어지는 숱한 시련 속에서 어디로 가는지도 모르면서 고단한 삶을 스스로 멈추지 못하고 생사의 바다에서 표류하고 있다.

210

모든 존재는 결코 자신의 한 가지 바람조차 완벽하게 이룰 수 없음을 알지만, 그럼에도 잠시도 머물 수 없이

가야만 하는 이 길은 너와 내가 아닌 우리 모두의 숙명
적인 길이다.

211

현명한 사람은 불필요한 고민은 내려놓고 가지만, 어리
석은 자는 불필요한 욕심과 시기 · 욕기 · 음해 · 질투와
번뇌 망상까지 짊어지고 간다. 그러면서 왜 이렇게 살
기가 힘든 거냐고 세상을 탓하며 부정적으로 생각하기
때문에 삶의 짐이 점점 무거워진다.

212

누구나 세상에 첫발을 내디딜 때는 젊은 패기와 가벼운
발걸음으로 희망찬 미래를 꿈꾸지만, 한 걸음 두 걸음
내딛는 발자국이 점점 무거워짐으로써 인생을 알기까
지는 많은 시간과 경험이 필요하다.

213

가는 길에 보이는 것은 뜨고 지는 해와 달 반짝이는 별
빛 파란 하늘에 흰 구름 빛바랜 낙엽과 썩은 고목 오르

막과 내리막길 사이의 가시밭 구렁텅이에 헤어날 수 없
는 늪과 천 길 절벽도 있다. 이처럼 힘든 고난의 길을
가는 것이 우리의 삶이고 인생이다.

214

삶과 인생이란 옳고 그름에 따라 얻게 되는 성공과 실
패보다 살아 숨 쉬며 생존해 움직이고 있음이 더 중요
한 것임을 안다면 열심히 노력해야 한다.

215

인생이란 일상에서 자주 먹는 비빔밥과 같다. 이것이
세상에 살아있는 모든 존재의 현실적인 삶의 모습이다.

216

삶이라는 밥에다 행복도 한 접시 불행도 한 접시 시고
짜고 맵고 떫고 달콤한 여러 가지 삶의 반찬을 적당히
가미하되 인생의 참맛을 안다면 삶을 사는 동안 희로애
락은 행복의 모습으로 다가올 것이다.

217

사람이 모르는 사이 얼마나 많은 생명이 태어나고 죽는
지는 알 수 없다. 그만큼 삶이란 살아남기 위한 처절한
몸부림이라는 것을 알고 숨 쉬며 살아 움직임에 진정
감사할 줄 알아야 한다.

218

잘못한 일에 대한 피눈물을 흘리는 간곡함에도 전혀 뉘
우침이 없는 사람에게는 차라리 무관심으로 아무런 말
을 하지 않는 것이 오히려 자신을 돌아 볼 수 있는 계기
가 될 것이다.

219

사람을 신뢰하지 못하는 것은 믿는다고 하면서 살피는
것이다. 그러므로 진실로 믿는다면 그 누구도 믿지
말고 의심하지 말아야 한다. 이것이 참으로 믿는 것
이다.

220

우주 삼라 속 만유는 태고로부터 지금까지 이어지는 한
편의 파노라마 속에서 순간의 반짝이는 별빛처럼 끝없
는 생과 사를 거듭하며 존재함이다.

221

우주 삼라의 무대 속 모든 존재의 생은 끝없는 뮤지컬
속 주인공이며 관객으로서 종합 예술을 시연 또는 공연
하고 있는 것이다.

만유의 길

4

시련 속

아름다운

허상의

불꽃 향기

222

비록 보잘것없는 한 송이의 꽃도 아름다운 향기가 있는 것처럼 누구나 아름다운 인품의 향기를 개발하여 자신을 미워하거나 원망하는 사람이 되기보다는 나를 그리워하는 사람이 되어야 참으로 행복할 것이다.

223

남을 사랑하는 마음은 자신을 사랑하게 되고 남을 미워하는 마음은 자신도 미워하게 되는 것처럼, 자신을 사랑할 줄 아는 사람은 다른 사람을 절대로 미워하지 않는다.

224

성공한 후에도 참으로 복되고 행복한 삶을 영위하게 되는 것은 하심(下心)할 줄 아는 몸과 마음가짐으로 내딛는 한 걸음의 진실한 그림자로부터 시작된다.

225

잘된 건 내 덕이고, 잘못된 건 네 탓이 아닌 잘된 것은 네 덕이오. 잘못된 건 내 탓으로 돌리는 하심(下心)과

덕성(德性)이 가득한 마음이면 때와 장소를 떠나 언제
나 행복할 것이다.

226

모남 없이 원만한 마음으로 영위하는 삶의 사연과 모습
들이 한 방울 땀으로 맺혀 행복을 수놓을 때마다 세상
은 아름다운 꽃으로 장엄되고 사람을 비롯한 주위의 모
든 인연은 더불어 환희로움에 취하여 행복할 것이다.

227

삶이란? 만남과 이별을 반복하면서 사랑하고 미워하며
무한한 꿈의 씨앗을 뿌린다. 때로는 의식에 잠재한 영
혼을 모두 안고 싶다. 다만 은하의 별빛 깜박임을 다 잡
을 수는 없어 가랑비 한두 방울의 꿈 망울에 젖기도 하
지만, 이 또한 소중한 삶의 행복이다.

228

사람은 맑은 영혼이 건강하게 살아있어야 하고 아무리
부족한 남자라도 뼛속에 근육이 있어야 한다. 그렇지 않고
는 누구에게도 아름답고 행복한 내일이 있을 수 없다.

229

사람이라면 잠시 내려놓고 한 걸음만 멈추면 몸도 마음
도 편안할 것을 알면서도 생존의 끈이 다할 때까지
무너질 수밖에 없는 모래성 하나를 지키기 위해 담을
쌓고 허상에서 몸부림치며 불행을 자초하고 있다.

230

인적이 드문 양지바른 외진 길가에서 시린 봄바람 타
고 반기는 이름 모를 한 송이 풀꽃의 환한 미소와 향
기가 일상에 지쳐 오가는 인연들에게 넉넉하고 행복
한 삶을 말해주고 있지만, 사람들이 무심하게 지나칠
뿐이다.

231

천둥·번개 치고 거센 비바람 불면 내일의 태양은 다시
뜰 것 같지 않지만, 아침에 눈을 뜨면 언제 그랬느냐는
듯 햇살이 눈 부실 때가 많다. 인생 또한 오르막과 내리
막길이 있고 성공과 실패가 수레바퀴처럼 돌아간다는
것을 알면 누구나 행복한 삶이 될 수 있다.

232

신뢰 없는 세 치 혀 놀림과 방일한 몸으로는 감당할 수 없는 번뇌 망상의 고통 속에서 삶의 무거운 짐을 감당해야 하는 날이 머지않아 불행한 삶이 될 것이지만, 그것을 알고 스스로 멈추어 만족할 줄 안다면 그 순간이 바로 행복한 삶이라 자부할 수 있다.

233

낮아지는 것은 사람의 인격과 화폐의 가치 그리고 노동력이다. 잘 산다는 것은 고품의 인격으로 물질을 더불어 몸과 마음이 평온하여 언제나 행복할 수 있어야 한다.

234

행복하기 위해서는 현실에 만족하되 미래를 향한 최선의 노력을 해야 하고 세상을 바라보는 눈과 이해의 폭이 넓고 마음의 여유가 있어야 한다.

235

몸담은 직장은 가족과 더불어 행복한 삶을 영위할 수

있는 삶의 터전이어야 하므로 언제나 감사하는 마음가
짐으로 서로를 인정하고 배려하며 최선을 다해야 한다.
그렇지 않고 자신만 옳다고 생각하여 불만이 가중되면
직장뿐만 아니라 사회생활이 어렵다.

236
자신이 선택한 꿈과 희망의 삶을 이룰 것이라는 굳은
신념은 하얀 종이 위에 스케치하고 덧칠함과 같고 성공
이라는 아름다운 상상의 꽃을 그리는 것과 같다.

237
걷고 뛰어 몸과 마음이 지쳐 쓰러질 것 같아도 실낱같
은 희망의 끈을 놓지 않고 정진하는 것은 행복한 삶을
위한 본능적 행위다.

238
누구나 지금 머문 그 자리에서 자신이 처한 상황만으로
미래를 예측할 수는 없다. 다만 열심히 노력해서 행복
하게 살려는 희망의 꿈을 안고 앞만 보고 갈 뿐이다.

239

삶을 긍정적으로 받아들이는 사람은 모든 것을 스스로 만들어 누림을 알기에 프로다운 인생의 무대에서 행복을 함께 공유하지만, 부정적인 사람은 자신의 행복만을 추구하기 때문에 삶이 더욱 어렵다.

240

열심히 노력한 만큼 이루지는 못했어도 좌절하거나 실망하지 않고 최선의 노력을 다한 자신에게 스스로 박수를 보낼 수 있는 넉넉한 마음이면 비록 물질적으로 부족함이 있더라도 성공한 삶이라 할 것이다.

241

천만번의 절망과 좌절 속에서도 나는 무엇이든 할 수 있다는 굳은 신념으로 꿈과 희망을 품고 열심히 노력한다면 누구나 행복한 삶을 영위할 수 있다.

242

참 행복은 물질적인 것보다 진리를 알고 자신을 앎에

만유의 길

있지만, 사람의 행복 기준은 물질을 위주로 잘 먹고 잘 입고 건강한 몸과 마음 누림에만 두고 있으므로 불행의 그림자가 떠나지를 않는다.

243

하고 싶은 것 하면서 누릴 수 있는 것을 쫓아 끝없이 앞만 보고 가지만, 마음이 아닌 물질적인 행복은 번갯불이 번쩍이듯 찰나일 뿐이다.

244

행복은 이미 자신의 그릇에 가득 채워져 있음을 알지 못하고 마치 술에 취한 듯 혼미함에 취해 부질없이 세상을 한탄하는 것은 몸과 마음의 괴로움만 더할 뿐 아무런 이익이 없다.

245

세상에서 구하고자 하는 모든 것들은 과연 무엇인가 하는 끝없는 의문 덩어리를 안고 열심히 탐구할 때 비로소 생의 뿌리에서 결코 회피할 수 없는 소중한 근원적

질문이 되고 그에 대한 답을 얻을 때 몸과 마음이 깨어
있는 가장 행복한 삶이 될 것이다.

246

자신이 모든 것을 성취할 수 있는 자격을 갖추고 있는
메시아임을 스스로 깨달아서 알게 되면 신통력을 두루
갖추지 못해 비록 얻고 이룸이 없을지라도 할 수 있다
는 존재만으로 무한한 행복을 누리게 될 것이다.

247

뱀도 인(人) 표를 맞아야 용(龍)이 된다고 하듯이 모든
만물은 현실의 상황과 관계없이 자신의 몸과 마음을 어
떻게 운영하느냐에 따라 윤회하는 과정에서 더욱더 성
숙한 몸을 받게 되어 행복한 삶을 영위할 수 있다.

248

실천이 없는 말과 행동은 공허한 메아리가 되고 거짓말
이 된다. 그렇게 되면 더불어 사는 세상에서 몸과 마음
뿐만 아니라 영혼을 아우를 수 있는 진정한 인간관계를
유지할 수가 없다.

만유의 길

249

이 세상 그 누구도 자연이나 다른 생명체를 완전히 소유하거나 불변의 존재로 보존할 수는 없다. 오히려 살아 숨 쉬며 사는 동안 자신이 알고 있던 모르고 있던 자연과 다른 생명체로부터 도움을 주고받으며 서로 공존하며 살고 있다는 것을 알면 행복할 것이다.

250

낮이면 밝은 해가 있고 밤이면 반짝이는 별과 달을 품어 안은 꿈과 희망이 있다. 부모가 준 몸으로 보고 듣고 생각하고 말하며 움직일 수도 있다. 한 잔의 물도 적다고 생각하면 불행하지만, 반 잔의 물이라도 만족함을 알면 행복하다. 부족함을 채우기 위해 건강한 몸으로 열심히 노력하는 것, 이것이 참 행복이다.

251

삶의 터널에서 해진 옷 닳은 신발이라도 배가 고플 때 먹을 밥이 있고 추울 때 입을 옷이 있음이 행복이다. 몸이 아플 때 치료할 약이 있고 마음이 괴로울 때 가족과 이웃, 그리고 좋은 벗이 있음이 행복이다. 자신의 존재감과 채우기만 하려는 마음 비움이 바로 참 행복이다.

252

부족하다고 불행한 것이 아니고 넉넉하다고 행복한 것도 아니다. 실패했다고 불행한 것이 아니고 성공했다고 행복한 것도 아니다. 못 났다고 불행한 것이 아니고 잘났다고 행복한 것도 아니다. 행복은 불행을 포용하기 때문에 존재만으로도 그 소명(召命)을 다한 것이다.

253

행복은 성공과 실패 부와 가난 등 외형에 있는 것이 아닌 자신의 마음속에 있다. 그러므로 삶의 고난 또한 살아있는 존재적 행복임을 알아야 한다.

254

뜨거운 매운탕을 먹으면서 '어! 시원하다.' 하고 뜨거운 사우나에서 땀을 흘리면서도 '어! 시원하다.' 하듯이 힘들고 괴로운 고통 속에 행복이 있음을 아는 자는 넉넉함보다 부족한 듯할 때의 행복을 알기 때문에 크고 작은 일상의 삶에서 무한한 행복을 누릴 것이다.

255

쉼 없이 흐르는 물줄기처럼 몸과 마음이 고요하여 편안하다면 행복은 멀리 있는 것이 아니다. 이 순간 존재함이 바로 행복이기 때문이다.

256

아프지 않으면 건강한 것이고 괴롭지 않으면 행복한 것이다. 밥 굶지 않고 헐벗지 않고 머물 곳이 있으면 넉넉한 것이다. 가족과 이웃 그리고 자연이 함께하면 외롭지 않은 것이다. 이것이 참 행복이다.

257

한여름 농사를 짓는 농부나 건설 현장의 노동자나 땀이 비 오듯 하는 하루의 일과를 마치고 퇴근 후 샤워하고 난 뒤 저녁 식사 후의 꿀잠은 그 무엇과도 비교할 수 없고 말로는 표현할 수 없는 행복이다. 이처럼 사소한 일상에서도 행복은 스스로 만들어 누림이다.

258

돈의 단위를 원이라 하는 것은 돈다는 의미이다. 그래서 돈은 쌓아 두는 것이 아니라 흐르는 물처럼 순환해야 한다. 그렇지 않으면 고인 물이 썩듯이 부패하여 모든 재앙의 근원이 된다.

5

현을

조율하는 방법과

결과에 따라

달라지는 소리

259

아무리 귀한 가르침도 배우는 자의 눈높이에 맞추지 않으면 안갯속에 가려진 사물이 보이지 않는 것처럼 아무런 이익이 없다.

260

가르치는 자가 자신의 지식에 취하면 마치 술에 취한 듯 뜬구름 잡는 이론을 전개하게 되고 배우는 자가 산만하면 집안의 봄꽃을 두고 깊은 산속을 헤매며 봄꽃을 찾는 것과 같다.

261

요즘 사람은 저 먼 곳을 눈 안에 담고 꿈을 향해 가는 것이 아니라 마치 눈앞에 떨어져 있는 장난감 하나를 줍기 위해 앞만 보며 걸어가는 아기의 걸음마를 보는 듯 배운 것만 알 뿐 소견과 융통성이 부족하다.

262

신앙심이 돈독할수록 메시아를 절대적 존재로 의지하

며 우러러 경외하지만, 그보다 앞서 자신을 낳아주심으로써, 이 몸과 더불어 세상을 창조해 주신 부모님에게는 생각과 말이 필요 없을 만큼 메시아를 뛰어넘는 효심이 지극해야 한다.

263

메시아는 삶과 영혼의 길잡이가 되는 절대적인 존재라고 하여 신앙적 추앙을 받고 있지만, 그것에 앞서 이 몸을 낳아주시고 키워주신 부모님의 공덕과 은혜는 그 보다 훨씬 더 상위에 있음을 알아야 한다.

264

동물에 대하여 조금만 부정적인 말을 해도 동물 학대라고 하면서 부모님의 자리가 개에게 밀려나도 말 한마디 없는 것은 무엇을 의미하는 것인지 하늘을 우러러 뉘우칠 일이다.

265

말하지 못하는 개에게 언니 오빠 아들딸 또는 엄마 아

빠라 부르는 것은 언제 개를 자식으로 낳았는지는 알
수 없지만 본인이 바로 개(狗)라는 것을 인정하는 것과
다름이 없다.

266

과학적으로도 인정할 수 없는 사람과 개의 유전학적 근
거를 엄마 아빠 아들딸이라는 말 한마디로 선조들까지
개로 만들어 버리는 패륜을 일삼고 있다는 것을 뉘우칠
줄 모른다면 자신이 스스로 개(狗)라는 말이다.

267

개한테는 운동가고 나들이 갈 때, 건강검진 받는 일에
양치와 귀 청소, 대 소변 처리에 목욕뿐만 아니라 미용
에 필요 없는 옷, 큰 소리로 짖을 때마다 마치 어린 아
기 옹알이 대하듯 하면서 부모님 말씀에는 주책이다,
꼰대다 하는 무시하는 행위를 멈추고 더도 말고 덜도
말고 부모님 대하기를 개 대하듯이만 한다면, 천하의
효자라 할 것이다.

268

불신의 벽은 견고하게 굳어 가고 있다. 법이라는 제도를 만들어 놓고도 심적 경계로 인한 불신의 충돌이 잦음에 당황하지 않을 수가 없다. 남이 아닌 가족 간 불신의 벽으로 인한 다툼이 상상을 초월한다. 부모 형제와 조자손(祖子孫) 삼대가 모두 불신의 벽에 갇혀 있는 것이 요즘의 안타까운 현실이다.

269

영원히 살고 싶은 미래의 삶을 구하기 위해 메시아를 의지해 몸과 마음, 그리고 물질을 더하여 최선을 다한 신행을 한다 해도 개에게 엄마 아빠라는 가벼운 말 한마디로 선조님들과 부모님을 개로 만들어 버린 그 죄의 무게는 하늘과 땅을 넘어 어디에 숨거나 감출 곳이 없다.

270

사람이 세상에 태어나서 어른이 되기까지 크고 작은 아픔과 힘든 일이 있을 때마다 부모님에게 의지하지 않은 자는 없다. 그러나 이제 부모님의 도움 없이 스스로 살

아갈 수 있다고 하여 연로하신 부모님을 외면하거나 적
대시하는 것은 축생의 삶과 다를 바가 없다.

271

부모님이 아들딸을 낳아서 물질적 정신적으로 최선을
다하여 애지중지 키우셨지만, 오직 자식이 잘되기만 바
랄 뿐 아무런 조건이 없으시다. 그러나 자식은 낳아주
시고 길러주신 그 은혜가 아니더라도 자신에게 무한한
꿈을 펼칠 수 있도록 이 넓은 세상을 창조해 주신 부모
님에게 효를 실천함은 당연하다.

272

아버지의 건장한 힘은 능히 열 자식을 안고 뛰며 울타
리가 되고 어머니의 여리고 작은 가슴에는 열 자식을
품어 안는다. 그러나 건장하고 넓은 열 자식 가슴에는
한 부모 기댈 자리가 없는 것이 안타까운 일이다.

273

부모님은 산과 들을 헤매며 먹을 수 있는 풀이면 무엇이

든 뜯어먹고 허기를 달랬다. 감자 고구마 시래기죽 한 그 릇에 모진 목숨을 지탱하면서도 자식의 건강과 안일만을 생각하며 최선의 노력을 다했다. 이것을 잊으면 안 된다.

274

자식에게 힘들고 고달픈 삶만은 절대로 물려주지 않겠 다는 일념으로 자식들을 훌륭하게 키우셨다. 그러나 오 늘날 자식들은 부모님에 대한 은혜를 모르고 날마다 따 뜻한 봄날인 줄 착각 속에 살고 있다.

275

나이를 먹으면 세월 약에 취하여 몸은 병들고 정신마저 혼미하지만, 자손들의 무관심으로 인해 나라 정책에 의한 도움을 받게 된다. 그러나 나라의 보살핌이 아무리 지극하 다 할지라도 자식을 향한 그리움은 채워줄 수가 없다.

276

부모님은 가족을 떠난 시설에서 소리 없는 눈물을 삼키 다 생을 마감하는 그 날까지 얼마나 많은 세월을 그리

만유의 길

움에 홀로 울어야 했을지 자식이라면 알아야 한다.

277

부모님께서 아들딸 그리움에 지쳐 쓸쓸히 홀로 가신 그 길이 바로 우리가 가야 할 길임을 분명히 알고 진심으로 참회하며 언젠가는 가야 할 생의 마지막 그날을 기다려야 할 것이다.

278

젊은이들이여! 아는가? 짚신과 고무신에 광목 바지저고리를 입고 손발은 터서 피가 흐르고 머리에는 부스럼이 끊이지 않던 때를, 따뜻한 봄이면 양지바른 곳에 앉아 이를 잡고 꿀꿀이죽도 먹지 못해서 굶기를 밥 먹듯 하던 때를, 아침이면 어린아이들이 남의 집 대문 앞에서 빈 깡통을 들고 밥 동냥하던 때를 생각하고 싶진 않지만, 그런 시절이 있었다네.

279

나라 사랑은 투철한 국가관이고 안보의식이다. 그리고

조상 대대로 전해오는 삶의 터전이므로 더욱더 소중하게 지켜야 할 절대적인 보고(寶庫) 임이 틀림없다는 것을 알아 반드시 지키고 번영을 이루어 우리 후손들에게 물려주어야 한다.

280

내 조국에 살면서 조국을 부정하고 주적을 찬양하는 행위는 조국에 머물 이유 없이 주적을 찾아가면 될 것임이 분명하다. 그러나 떠나지 않는 것은 조국의 분열을 조장(助長)함이라 대대손손 내려오는 자신의 천륜을 흩으려는 것보다 더 큰 과오임을 알아야 한다.

281

사람은 육십 대 이후가 되면 스스로 자신을 포기하는 경우가 많다. 그러나 살아온 세월 동안 삶의 경험에서 쌓고 얻은 지혜는 오히려 젊은이들의 경험보다 훌륭한 자산임을 알고 지혜롭게 후손을 위해 애써야 한다.

282

핵이라는 엄청난 재앙의 불씨를 가슴에 안고 너도 죽고 나도 죽자는 상황에서 홍익인간과 선심 공덕으로 포덕천하(布德天下)를 말씀하신 옛 성인들의 가르침을 생각해 보지만, 마치 빈 허공에 흔적 없이 사라지는 메아리 울림처럼 공허하게만 느껴진다.

283

교과서적인 배움이 많으면 이론적으로는 똑똑하지만, 정신적인 주관적 사고가 고정되어 시키는 대로만 하는 로봇화 되어 현실 적응에는 어렵다.

284

아무리 학벌이 높고 지식이 많다 해도 부모 세대가 배운 교육적 가치에 비추어 보면 현대지식은 인의예지를 접목한 인성교육이 없기 때문에 기계적 사고로 암기만 하는 로봇과 다를 바가 없다.

285

지식은 많지만, 상식적 가치와 판단력 그리고 융통성이
부족하면 현실 상황에서 적응이 쉽지 않다.

286

분야마다 전문가는 차고 넘치지만, 자만심과 이권에만
몰두하게 되면 전문적인 지식으로 야기되는 문제들이
심각한 부작용을 일으키게 된다.

287

예전에는 작은 집에서도 조자손(祖子孫) 삼대가 함께
살았다. 부족하면 부족한 대로 넉넉하면 넉넉한 대로
웃음소리가 떠나지 않았고 어른들을 봉양하는 따뜻한
효심을 바탕으로 물질보다 정신적인 행복을 추구하는
우리나라 표본적 삶 속에 효와 인정 문화가 있었다. 우
리는 그것을 다시 찾아야 한다.

288

풍요로움을 누리게 된 지금의 삶은 힘들고 어려운 과

만유의 길

정을 거쳐 허리띠 졸라매고 땀 흘려 성공을 이룬 선조님들의 공덕이다. 그러므로 누구 덕에 이 시대를 편안하게 살고 있는지는 분명히 알고 보은할 줄 알아야 한다.

289

현시대의 삶을 당연한 것처럼 누려야겠다는 심리가 작용하는 것은 조금 더 발전시켜 자손들에게 물려주어야 한다는 생각이 없는 것이므로 이것은 선조님들의 은혜를 모르고 사람의 삶보다는 축생의 삶을 동경하는 것과 다를 바가 없다.

290

비록 짧은 일 년 삼백육십오일 초분을 다투는 순간순간의 모든 일을 말과 글로 판박이 사진처럼 사실적으로 기록할 수만 있다면 후손들에게는 유익한 삶의 길잡이가 될 것이니 역사를 소홀히 생각하면 안 된다.

291

모든 삶의 사연을 한 송이 꽃으로 엮을 수는 없지만, 열

심히 배우고 노력한다면 땀 내음 가득했던 활기찬 내일
을 향한 더욱더 나은 삶의 질을 우리 스스로 만들 수가
있다.

292

잘 먹고 잘살아야겠다는 굳은 신념으로 열심히 노력하
여 배고픔은 잊었지만, 돌이킬 수 없는 가장 큰 손실은
밥상머리 교육이다. 그로 인해 충효예(忠孝禮)의 기본
적 인성교육은 아주 절망적이다.

293

7~80년대에는 배고픔을 견디며 쉴 새 없이 일하면서도
배고픔을 원망하지 않았고 부모님도 나라님도 그 누구
도 탓하지 않았다. 다만 열심히 일해서 잘 살아야겠다
는 아름다운 꿈이 있었기에 오늘의 풍요로움을 이룬 것
이다.

294

오늘날 잊혀기는 옛 풍속들 조상님들의 세시풍속을 생

각해 보면 개개인의 욕망으로 각박한 요즘과는 사뭇 다르다. 선조님들의 삶은 언제나 하심(河心)하듯 아래로 향해 흘러가는 물처럼 천리에 순응하여 다툼이 없는 자연과 함께하는 순수하고 아름다운 삶의 모습이었다.

295

부모님에게 마음과 생각으로 하는 효행은 쉬울 수 있지만, 몸으로 하는 효행은 실천이 따라야 하므로 참으로 어렵다.

296

어떠한 경우라도 아들딸이 부모님께 효도한다면 그로 인해 부모님은 즐겁고 행복하여 집안은 언제나 화목하며 모든 일이 원만이 이루어지고 자손 또한 편안함을 느낄 것이다.

297

아내와 자식을 사랑하는 마음처럼 최선을 다하여 몸과 마음으로 부모님을 섬긴다면 자식의 당연한 일로서 자랑할 일이 아니지만, 그것은 바로 지극한 효도라고 할 수 있다.

298

어릴 때부터 자식은 부모가 하는 말과 행동, 그리고 삶 속의 일상을 보며 인생을 배운다. 부모가 뒷짐을 지고 걸으면 아이도 뒷짐을 지고 담배를 피우면 담배 피우는 흉내를 내기도 한다. 거울을 대하면 자신의 모습이 선명하게 드러나듯 부모는 자식의 거울이기 때문이다.

299

부모로서 자신의 짧은 행복보다 미래의 후손들을 위하여 한 치의 오차도 없이 영원히 행복할 수 있는 삶의 밑거름이 될 수 있다면 비록 부유하지는 않더라도 성공한 삶이라 자부할 수 있을 것이다.

300

세상을 사는 동안 앞서가신 선조들께서 모든 고난과 역경 속에서도 흐트러짐 없이 올곧게 걸어가신 그 길을 바라보며 가르침을 배우고 실천하는 아름다운 삶이었다면 하늘을 우러러 진정 후회함이 없을 것이다.

301

하루하루를 살아가야 하는 삶은 열심히 노력해야만, 의식주를 해결할 수 있다. 그러나 어디를 봐도 힘들고 거친 노동을 하는 젊은이들은 보이지 않는다. 이것이 부모님 세대와 다른 오늘날의 현실로써 특히 젊은이들은 땀 흘림의 가치를 알아야 한다.

302

부모님들은 지난날의 배고픔을 알기에 힘든 삶 속에서도 좌절하지 않고 자식의 미래를 생각하며 잘 사는 나라를 만들어 오늘날 풍요로운 삶의 표본이 되었다.

303

연세가 드실수록 분명히 다른 것은 같은 말씀을 반복하는 경우다. 듣는 입장에서는 했던 말을 또 한다며 싫어한다. 하지만, 어르신들은 살아온 긴 세월 동안 겪었던 모든 일을 몸과 마음으로 경험한 입장에서 자손들의 삶에 경각심을 주기 위한 간절함일 수 있음을 알아야 한다.

304

길을 가다 삼삼오오 앉아서 쉬고 계시는 어르신들을 보면 똑같은 연세지만, 비록 깊게 팬 주름에도 온화하고 평온한 얼굴이 있는가 하면 늙지는 않았는데 바라만 봐도 두려움과 위압감을 주는 흉한 모습으로 늙으신 분이 있다. 이것은 그분이 어떤 마음가짐으로 세상을 살았는지 스스로 말해주고 있는 것이다.

305

낙천적인 성격으로 여유로운 마음을 가지게 되면 쫓기거나 불안한 마음이 없어진다. 잠시 스쳐 지나는 인연도 사랑하는 마음으로 대하면 서로 얼굴을 붉힐 이유가 없다.

306

넓고 후덕한 마음으로 상대를 이해하고 용서한다면 다툴 이유가 없다. 그러므로 나이가 들수록 더욱더 후덕하고 자애로운 부모님 닮은 모습이 된다면 누구에게나 그리운 사람이 될 것이다.

307

엄마 꽃은 바람이 불면 바람막이가 되고 비가 오면 우산이 된다. 눈보라가 치면 따뜻한 품으로 감싸주고 삶의 주가 되는 의식주를 비롯한 모든 것을 끝없이 제공해 주시며 점점 시들어 가지만, 그 향기는 더욱더 강렬하여 내 마음속 깊은 곳에 자리한다. 자식에게 있어 엄마 꽃은 영원히 잊을 수 없는 불멸의 꽃이다.

308

효는 인류의 근본이다. 그러므로 종교를 비롯한 사회 전반적으로 효를 부정하는 가르침은 진실한 가르침이 아니다.

309

내 부모님에게는 때가 되거나 몸이 불편해도 관심을 두지 않으면서 다른 곳에 가서 봉사를 한들 무슨 의미가 있는지 깊이 생각해 봐야 한다.

310

모난 돌이 정 맞는다는 말처럼 별이 빛나는 것은 아름답지만, 반짝임의 화려함 속 날카로움이 누군가에게는 깊은 상처를 줄 수 있다. 그러므로 한결같은 마음으로 따사로운 봄날 고즈넉한 언덕 아름다운 꽃향기처럼 모두가 그리워하는 사람이 되어야 한다.

311

한여름 푸른 산에는 많은 초목이 있지만, 그 어느 것 하나도 똑같은 모양은 없다. 가을 들녘에 벼가 익어 장관을 이루지만, 똑같은 벼알은 없다. 한 그루 소나무의 솔잎도 모양과 무게가 다르다고 하는 것처럼 어느 것 하나 세상에 똑같은 것이 없음에 주목해야 한다.

312

사람도 몸과 마음뿐만 아니라 생각이 같을 수가 없다는 것을 알고 대한다면 그것은 서로를 배려하는 진실한 언행이 될 것이다.

313

곡식이나 열매도 속이 차지 않으면 쓸모가 없듯이 성형과 개명으로 겉모습만 바꾼다고 참되고 진실한 사람이 되는 것은 아니다.

314

힘 있고 멋진 배경 앞에 앉아야만, 인정을 해주는 사회의 흐름이 얼마나 잘못된 것인지 자신이 하는 꼭두각시 놀음에 스스로 부끄러워할 줄 알아야 한다.

315

진실하고 참된 인성보다 조금이라도 더 인정받기 위해 로봇처럼 꾸밈으로 연기하는 자신의 모습이 얼마나 가식적인 것인지 자신이 스스로 거울 속의 모습을 보면 알 것이다.

316

교육과 종교가 아무리 훌륭하다 해도 효를 상실한 가르침은 썩은 고목에 물을 주는 것과 다를 바 없고 모래로 밥을 짓는 것과 다르지 않다는 것을 뼈저리게 느끼고 말살되어

가는 효 사상에 대한 새로운 가르침이 있어야 한다.

317

적폐를 청산하는 것은 상대가 아니라 자신부터 시작되어야 한다. 그리고 내 기준이 아니라 모두가 융합된 기준이 되어야 하며 더욱더 많은 생각을 모아 삶의 질과 행복을 영위할 수 있는 계기가 되어야 한다.

318

불신의 벽은 견고하게 굳어 가고 있다. 법이라는 제도를 만들어 놓고도 심적 경계로 인한 불신의 충돌이 잦음에 당황하지 않을 수가 없다. 남이 아닌 가족 간 불신의 벽으로 인한 다툼이 상상을 초월한다. 부모 형제와 조자손(祖子孫) 삼대가 모두 불신의 벽에 갇혀 있는 것이 요즘의 안타까운 현실이다.

319

물질적 정신적으로 더욱더 부패(腐敗)해진 우리 어떻게 하면 불평불만에 의한 불신으로 다툼 없는 행복한 삶을 영위할 수 있는지 곰곰이 한번 생각해 볼 때다. 길은 어디로든 통한다는 말이 있다. 다 함께 노력하면 안 될 일은 없다.

320

삶에 의한 경제적인 것을 비롯한 세대 간의 전반적인 모든 문제의 본질은 배고픔을 겪은 부모 세대와 배고픔을 전혀 모르는 세대 간의 환경적 삶의 경험이 다름으로 인한 것이다. 그러므로 밥을 굶어봐야 쌀 한 톨의 소중함을 안다.

321

요즘 세대가 힘든 일을 기피하는 것을 보면 있어야 할 뼛속에 근육이 없는 것이 분명하고 과거와 현재, 그리고 미래를 바라보는 안목이 좁기 때문에 밥을 굶어봐야 배고픔의 절실함을 알 것이다.

322

서로를 경계하고 소원해지기보다 마음을 열고 홀로 가는 길에 따뜻한 손 마주 잡을 수 있고 지친 몸을 서로 기댈 수 있는 삶이라면 노후에도 외롭지 않을 것이다.

323

행복한 삶을 위해서 가장 먼저 할 일은 정신적 물질적 불신의 벽을 부숴야 한다. 그래야만 사람이 사람답게 살 수 있는 행복한 삶을 개척할 수 있다. 그러기 위해서는 한발 물러설 줄 알아야 하며 서로를 믿고 이해할 수 있어야 한다. 특히 가족에게는 말할 것도 없다.

324

행복은 자신의 마음속에 있다. 하얀 백지에 행복을 그리면 행복이 되고 불행을 그리면 불행이 된다. 주위의 작은 풀포기 하나도 남이라고 생각하면 외롭지만, 가족이라 생각하면 외롭지 않다.

325

상대에 대한 배려가 메마르고 물질의 노예가 되어버린 사회에서 충효예의 인간성이 상실된 삶은 사람이되 축생의 삶과 다를 바가 없다.

326

사람은 언제나 행복과 함께하면서 불행하다고 생각한다. 그것은 너무 가까워서 보지 못하는 자신의 눈과 같고 뒷모습과 같기 때문이다. 행복은 자신을 떠나 존재할 수 없는 삶의 본체다. 마치 그림자가 자신을 따르듯 행복은 언제나 함께한다.

327

행복은 언제나 내가 미처 알지 못하고 느끼지 못하는 곳에서 몸과 마음의 그림자처럼 하나 되어 스스로 깨달아 알기를 기다리고 있을 뿐이다.

328

모든 분야에 종사하는 분들이 충족을 위한 불만의 목소리와 파괴적인 행위보다는 이제는 앞으로 한 걸음 더 나갈 수 있는 건설적인 대안들을 제시할 때다. 내가 아닌 우리 우리가 아닌 세계인 모두가 풍요롭고 행복한 삶을 영위할 수 있는 방법을 찾는 데 스스로 앞장서야 한다.

329

많은 직장인이 자신과 가족의 안정된 삶을 위한 직장
이 아니라 일방적으로 피해를 보는 곳, 마치 고용자만
을 위한 일터라고 생각하고 있는 것을 본다. 감사한
마음이 없는 직장에서는 자신의 미래도 암울할 수밖
에 없다.

330

준비되지 않은 마음으로 직장생활을 한다 해도 근면·
성실과 검소함 없이 누리고 싶은 것이 많을수록 스스로
겪는 자신의 일상적인 모습은 더욱더 초라해질 뿐이다.

331

한 통치자의 영향력으로 산과 들에는 녹색 물결이 넘실
거렸고 마을마다 초가지붕이 사라졌다. 가는 곳마다 길
이 넓혀지고 포장되었다. 더불어 우리들의 삶도 배고픔
이 사라지고 하루하루 몸과 마음을 풍요롭게 한 것은
우리도 할 수 있다는 굳은 신념의 결과라는 것을 잊지
말아야 한다.

332

개를 비롯한 애완동물에게는 사랑이란 명분으로 입에 든 사탕도 나눠 먹을 만큼 친절한 사람이 어찌하여 자신을 낳아 길러주신 부모님의 일상은 무관심하거나 소홀할 수 있는지 평생을 풀어야 할 수수께끼다.

333

충(忠)이 없으면 한 나라가 위태롭고 효(孝)를 모르면 한 가정이 불안하고 예(禮)가 사라지면 사회질서가 무너짐에 주목해야 한다.

6

있고 없는 듯,

이 순간에도

윤회의 굴렁쇠는
돌고 있다

334

평등은 서로의 권리를 찾는 것이 아니다. 산은 산 그대로 높고 낮음이 평등이고 강물은 강물 그대로 아래로 흐름이 평등이듯 세상 만물이 타고난 그대로의 모습과 존재가 평등이다. 다만 상대의 존재와 자성(自性)을 인정해 주는 것이 절대적인 평등이다.

335

사람이 평등해야 한다면 몸부터 중성이 되어야 하며 잘나고 못남이 없어야 하고 부귀 빈천이 없어야 한다. 또한 자연이 평등해야 한다면 산이 강이 되고 강이 산이 되어야 하며 높고 낮음이 없어야 하고 밤낮이 없어야 한다. 자연이나 사람이나 절대로 평등할 수가 없다. 다만 서로를 존중하는 마음가짐의 문제일 뿐이다.

336

남녀가 평등해야 하고 부귀 빈천이 없어야 하고 잘나고 못남도 인권을 명분으로 모두 평등해야 한다고 말하지만, 평등은 자연 그대로가 평등이다. 다만 서로를 존중하는 그 마음이 평등해야 한다.

337

이익을 드러내는 순간 도적이 몰려들고 이름을 드러내는 순간부터 시기 질투하는 자들의 말과 글, 그리고 시선이 날카롭다. 그때부터 행동은 진실을 외면한다.

338

우리는 몸과 마음이 한마음 한뜻이 되어야 한다. 너와 나라는 이분법적인 잣대로 서로 벽을 쌓기보다는 불신의 벽을 무너뜨려야 한다. 그것만이 모두가 통합의 길로 갈 수 있는 유일한 길이기 때문이다. 그렇지 않으면 아무리 훌륭한 지도자가 나와도 우리의 삶뿐만이 아니라 나라의 미래도 암울할 수밖에 없다.

339

사람의 네 가지 인성(人性)
첫째는 어려움을 당하면 도전도 해보지 않고 포기하는 사람이다.
둘째는 시련과 더불어 적당히 타협하면서 하루하루 연명으로 전전긍긍하는 사람이다.

140

셋째는 시련과 힘듦을 남의 탓으로 돌려 복수심에 불타서 성공하고 난 뒤에는 더욱더 인색하고 부정적인 생각으로 갑질을 하는 사람이다.

넷째는 시련을 겪을수록 모든 어려움이 삶과 인생의 밑거름이라 생각하고 자신을 스스로 담금질하는 스승으로 생각하며 성공하고 난 뒤에는 모든 공을 사회로 돌려 봉사하는 사람이다.

340

꿈을 향하여 성공하기 위해 가다 보면 시련과 장애가 앞을 가로막는 것은 당연하다. 그럴 때마다 초발심이 흐려져 한 발짝씩 뒤로 물러서게 되면 작심삼일이 되어 자신이 설정한 꿈과 희망의 나래는 영원히 펼 수 없게 된다.

341

나는 무엇이든 할 수 있다는 굳은 신념으로 자신을 담금질한다면 비바람 부는 폭우에도 또다시 해와 달은 뜨고 지듯이 어떠한 어려움도 헤쳐 나갈 수 있는 무한한 힘을 발휘하는 원동력이 될 수 있다.

342

남이 실천하는 것을 보면 너무 쉬워서 아무 일도 아닌 것처럼 보인다. 그러나 자신이 실천하기 위해서는 목숨까지도 초개(草芥)같이 버려야 할 어려움이 있을 수 있다.

343

작은 이익에도 언성이 높아지고 천륜마저 단절해 버리는 시대적 상황을 보면 남에게 선을 행하기란 참으로 쉬운 일이 아니지만, 어려운 만큼 고귀하고 복된 행이 선(善)을 실천하는 것이다.

344

칼바람 부는 겨울이나 삼복더위에도 비가 오나 눈이 오나 많은 사람이 자신들의 원하는 바를 관철하기 위해 하루도 쉬지 않고 끊임없이 목소리를 낼 수 있음에 정신력과 체력 모두 대단함을 느끼지만, 이 또한 과연 무엇을 더 얻고 누리기 위함인지 분명히 알고 해야 한다.

345

사람은 무슨 일이든 처음에는 기대에 부풀어 미래를 바라보는 신기루 같은 꿈과 희망에 들뜨게 된다. 그러나 사계(四季)를 맞는 자연은 사람처럼 욕심으로 인한 다툼이 없고 분주하지도 않다. 시기·욕기·음해·질투에 찌든 사람과는 사뭇 다른 자연을 보며 부끄러워할 줄 알아야 한다.

346

실눈 내려 잠든 나뭇가지에서 까치 한 마리가 울고 있다. 해마다 새해가 되면 작심의 마음 틀을 다잡아 날줄씨줄로 한해의 일을 수놓는다. 그런 사람의 마음을 읽기라도 하듯 까치는 '까악 깍' 응원의 메시지를 보내고 있다. 작심삼일이 되지 않도록….

347

그동안 상상을 초월한 경제성장과 더불어 개인적인 삶의 환경도 많이 발전했다. 그러나 좋아지는 과정이 마냥 봄날은 아니었다. 현재 우리가 겪고 있는 삶의 어려움이 있지만, 선조님들은 그것보다 더한 어려움을 슬기롭게 극복한 오늘의 풍요로움이다. 봄 · 여름 · 가을 · 겨울 사계가 나름 특색 변화로 지나가듯 우리의 삶도 이와 마찬가지다.

348

몸과 마음이 나약하면 힘들고 위생적이지 못한 일은 모두 기피하게 된다. 그리고 마치 근육이 단단하지 못한 것처럼 무기력하게만 보인다. 이것은 남자로서는 큰 단점일 수밖에 없다.

349

영혼이 술에 취한 듯 정신이 맑지 못하고 몸이 허약하면 의식주(衣食住)마저도 스스로 해결할 수가 없다. 특히 한 가정의 가장인 남자로서는 안 되는 일이다. 그것은 삶의 비극이다.

350

한가롭게 날고 있는 새의 삶이 행복한 듯 보이지만, 바

람 불고 눈비 오면 피할 곳이 없고 매와 독수리의 불안
에 떨지 않을 수 없는 것이 생존의 현실이지만, 오늘도
생존을 위해 최선을 다하고 있음에 주목해야 한다.

351

오늘의 동지와 적은 탐욕으로 인한 손익의 결과에 따라
내일의 적과 동지가 된다. 그러므로 영원한 동지와 적
은 없다.

352

제대로 된 집 한 채 없이 한평생을 산과 들에서 살다가는
동물들의 삶과 아무도 찾지 않는 길모퉁이에서 봄이면
피었다 가을이면 져야 하는 이름 모를 풀 한 포기의 생을
보면 우리의 인생이 얼마나 행복한 삶인지 알 것이다.

353

비가 오면 비를 맞고 눈이 오면 눈을 맞으며 추위와
두려움에 떨어야 하는 크고 작은 생명들의 삶을 보면
사람은 존재하는 순간부터 행복이 함께 한다는 것을

알아야 하지만, 한 가림이 눈에 있어 허공 꽃이 어지럽게 지듯 알지 못하는 것은 마치 술에 취한 듯 마음이 혼탁하기 때문이다.

354

자연재해는 인간의 과학 문명이 발달할수록 더 많이 발생할 수밖에 없다는 것을 알고 있으면서도 끝없이 원인을 제공하고 있는 것은 바로 사람이다.

355

자연재해는 정신적 육체적인 삶의 행복보다 고통이 가중되고 있는 것이 현실이다. 그러나 순간적 편안한 삶을 위해 자연훼손을 멈추지 않고 앞만 보고 달려가는 사람들의 어리석음은 말할 가치조차 없을 만큼 무지한 것이다.

356

모든 생명이 살기 위해 마시고 내뿜는 공기는 비록 보이지는 않지만, 호흡기를 통하여 육체적 기관을 함께

146

공유함으로써 어디를 가던 전염으로 인한 질병에서 벗어날 수가 없다. 그래서 예방의 으뜸은 공기를 청결하게 해야 하는 이유다.

357

시골을 지나다 보면 사람이 마시는 물은 마을 공동 샘이나 산비탈 어귀에 있는 조그만 옹달샘을 마음 놓고 마셨던 시절이 엊그제 같은 기억으로 남아 있다. 그만큼 맑고 깨끗한 일급수였다. 그러나 이제는 산골짜기에 흐르는 물이나 우물뿐만이 아니라 지하수도 마음 놓고 먹을 수 없는 시절이 되었다.

358

자연이 주는 맑고 깨끗한 물 한 모금 공기마저도 마음 놓고 마시지 못하고 마스크를 쓰고 두려운 마음으로 가족들마저 서로를 경계하며 살아야 하는 이 시대의 진정한 삶의 행복은 요원하기만 한데 이것은 모두 우리의 잘못이다.

359

한철을 밤낮없이 쉬지 않고 성장의 잠을 4회 거듭하여 집을 짓는 누에는 팔일에서 열흘을 살고 버린다는 것을 알지만, 자신의 몸을 던져 창자에서 실을 뽑아 최선을 다하여 집을 지어 인간의 삶에 유익함을 주는데 우리는 자연을 훼손하는 것 말고 누구에게 유익함을 주고 있는 지 돌아봐야 한다.

360

사월 하순쯤 날아온 제비는 사람들이 살고 있는 처마 끝 난간에 지푸라기와 검불과 나뭇가지 그리고 깃털과 진흙을 모아 침으로 짓이겨 집을 짓는다. 새끼를 부화 하고 나면 한 달 남짓을 머물다 떠나지만, 게으르지 않 고 삶에 최선을 다하는 것을 보며 부지런과 성실함을 배워야 한다.

361

비바람과 눈비를 막아줄 수 없고 일 년을 살면 버려야 한다는 것을 알지만, 높은 나뭇가지를 오르내리며 집을

만유의 길

짓는 까치는 방일하지 않고 입이 헐고 꼬리와 날개가 빠지는 고통을 인내하면서 집을 짓는다. 미래의 가족을 위해서….

362

모두 버리고 가야 한다는 것은 작은 새도 알고 미물 곤충도 알고 있다. 다만 무한한 욕심 때문에 때가 되어도 집착의 끈을 놓지 못하는 사람만 모를 뿐이다.

363

봄 동산을 곱게 물들인 형형색색의 꽃을 바라보며 그 향기의 아름다움에 취하면 순간적인 행복은 느낄 수 있지만, 그 꽃을 피우기까지 얼마나 많은 시련과 혹독한 추위의 힘든 과정을 인내했는지는 생각하지 않는다. 그러나 수많은 시련과 고통 속에서 피어나는 꽃일수록 더욱더 아름답고 향기롭다.

364

자연은 경계라는 질서에 따라 한 치의 어긋남도 없이

밤하늘에 촘촘히 수놓은 별과 해와 달이 뜨고 지듯이 하늘을 나는 작은 새들의 날갯짓 하나도 사람처럼 순리를 역행하지는 않는다.

365

산과 들의 초목을 비롯해 땅에서 기는 작은 미물 곤충과 동물에 이르기까지 모두 자연스럽게 경계를 넘나들며 삶을 공유하고 있다. 그러나 사람은 탐욕심으로 인하여 무한 경쟁과 다툼 속에서 서로 뺏고 뺏기며 살고 있다.

366

예로부터 많은 질병과 급 병들이 세상에 창궐할 때마다 많은 생명을 앗아갔다. 그것은 어제오늘만의 일이 아닌 일상이라 할 만큼 반복되는 일이지만, 지나고 나면 모두 잊는 것이 사람이다.

367

과학이 아무리 발달해도 자연의 순환을 사람의 힘으로

전면 통제할 수 없다는 것을 알아야 하며 자연을 장악하여 통제하려고 하면 할수록 큰 재앙은 피할 수 없다는 것을 알아야 한다. 그리고 사람의 목숨은 호흡 한 번에 달린 부질없는 것이라는 것을 생각하지 않고 영생에 집착하여 무한 욕심을 갖는 것이 어리석음이다.

368

사람은 자연과 더불어 상생하는 삶이 아니면 곤란하다. 사람이 지닌 생각할 수 있는 능력과 지혜를 그 누군가를 위하여 사유화하고 통제하는 도구로 쓰면 안 된다. 그렇게 되면 스스로 만든 덫에 걸려 시간이 지날수록 더 큰 재앙을 겪게 되는 것은 자명한 일이다.

369

지구의 축은 지금 12시 방향을 향하여 최선의 노력을 기울이고 있다. 그로 인하여 지진을 비롯한 자연재해라는 감기, 몸살을 심하게 앓고 있다. 그러나 우주 삼라의 몸살감기가 끝나고 나면 남극과 북극의 축이 제자리를 찾게 되고 지구 또한 당분간 평온을 되찾게 될 것이다.

370

지구의 지형 변화로 육지가 바다 되고 바다가 육지 되는 또 다른 세상 이것은 사람이 만물의 영장이라는 것을 무색하게 하는 인간의 어리석음과 무지의 극치를 엿볼 수 있는 자연의 위대한 일대사 사건이라고 할 수 있다.

371

얼음이란 이름으로 세상을 덮고 천하를 호령하듯, 매서운 칼바람에도 눈 부릅뜨고 기고만장하더니 따사로운 봄바람에 힘없이 녹아내려 눈물로 이별하는 모습은 부와 명예를 남용하다 비참한 최후를 맞는 인간의 어리석은 삶과 다르지 않은 모습이다.

372

흔적 없이 오고 가는 세월 한 자락에 버들강아지 기지개 켜는 소리와 적막 속에 잠든 긴 밤 내일을 향한 새싹들의 속삭임은 인간이 일상에 지쳐 곤히 잠든 몸, 영혼의 속삭임과 다르지 않다.

만유의 길

373

눈물도 기쁨의 눈물과 슬픔의 눈물이 있다. 하늘은 슬픔과 기쁨의 눈물 중 과연 어떤 눈물을 흘리고 있는지 칠 년 가뭄에 단비로 우는 기쁨의 눈물과 수재해로 인한 슬픈 눈물의 두려움과 감사함을 사람이라면 알아야 한다.

374

보이지 않는 힘에 의해 세상의 모든 재해가 일어날 때마다 사람들은 우왕좌왕하는 과정에서 물질적 정신적으로 큰 피해를 보고 난 후면 고치고 만들고 하는 어리석음을 반복하게 된다. 하지만, 사람마다 나라마다 다른 지형적 문화와 손익 등의 접근으로 근본적인 대처방안이 어려울 수밖에 없다.

375

아무도 채운 적이 없는 행복이란 작은 그릇 하나를 채우기 위한 것이 삶이란 것을 알기까지는 긴 시간이 걸린다. 그러다 어느 날 허무한 생을 마치는 것이 인생이다.

376

삶과 죽음 앞에 이른 생명은 그 누구도 초연할 수가 없다. 그러나 사람과 다르게 가을이 되면 푸르던 잎 새들은 메마른 몸으로 앙상한 가지만 남겨두고 초연하게 자연으로 돌아감이 경이롭다.

377

삼재팔난(三災八難)은 천재(天災) 지재(地災) 인재(人災)와 또는 화수풍재(火水風災) 그리고 여덟 가지 어려움으로서 자연의 순환과정에서 9년 동안의 삶에 대한 결과를 들 삼재 눌 삼재 날 삼재로서 정산하는 것이므로 9년의 삶이 진실 되고 모범적이라면 삼재의 액운은 걱정할 것이 없다.

7

이것이 있으니
저것이 있다.

동전의
양면처럼

378

생(生)은 생동하는 삶이며 사(死)는 휴식의 삶이다. 영원히 살고자 하면 죽어 소멸할 것이며 죽음을 두려워하지 않으면 영원히 살아 숨 쉴 것이다.

379

생(生)이란 이름으로 존재하는 삶의 목적을 이룰 수 있는 것이 행복이라고 생각한다면 그것은 허울 속에 숨은 망상일 뿐이다.

380

하루 종일 행복을 찾아서 저잣거리를 헤매다 집에 돌아오면 우주 삼라 무지갯빛 도화지 위에는 어느새 행복이 함께 잠자리에 든다.

381

눈앞에 보이는 물질을 벗어난 텅 빈 우주 공간에는 아무것도 없다고 말하지만, 소리와 형상 그리고 이 세상 무엇이든 창조할 수 있는 물질의 근본 요소가 꽉 차 있음을 알아야 한다.

382

알아들을 수 없고 이해할 수 없는 말과 글은 허공에 울려 퍼지는 공허한 메아리와 같고 존재 뒤에 숨은 그림자와 같다.

383

따뜻한 안방 아랫목이 아무리 좋아도 물고기에게는 죽음이 기다리고 있을 뿐이며 하수구와 똥통이 아무리 혼탁해도 지렁이와 구더기에게는 행복한 삶의 터전이다.

384

물속이 아무리 깨끗해도 사람이 살 수 없듯이 모든 생명은 업연에 의한 존재에 따라서 머물 곳이 다름을 인정하는 것은 순리에 순응하는 것이다.

385

아무리 명예가 높고 재물이 많아도 자신을 위해 투자하지 못하면 그것은 인간의 삶이 아니라 축생의 삶을 동경하는 것과 다르지 않은 어리석음이다.

386

남의 잘못을 지적하기 전에 자신이 걸어온 길을 먼저 돌아봐야 한다. 그리고 누구나 자신의 뱃속에 부정한 물질이 가득함을 먼저 생각해야 한다.

387

한 되 그릇에 한 말 곡식을 담으려다 먹어보지도 못하고 땅바닥에 쏟아버리는 과오를 범할 수 있는 것은 어리석음으로 인한 욕심 때문이다.

388

좋은 것은 나쁜 것이 있기에 더욱더 좋아 보이고 아름다운 것은 추한 것이 있기에 더욱더 아름다워 보인다. 맑고 깨끗한 물은 오염되어 혼탁한 물과 비교될 때 더욱더 깨끗해 보이는 것이다.

389

선과 악을 두고 이것은 좋고 저것은 나쁘다는 흑백논리만을 고집한다면 곤란하다. 떨어지려야 떨어질 수 없는 동전의 양면처럼 손바닥과 손등처럼 관용과 포용으로 조화를 이룰 수 있다면 참으로 살만한 세상이 될 것이다.

390

악이 나쁘다고 선행만을 고집한다면 세상 살기가 무척 힘들 것이다. 맑고 깨끗한 물에는 고기가 살 수 없듯이 사람이 너무 청렴결백하여 융통성이 없으면 더불어 살아야 하는 사회생활이 쉽지 않다.

391

누구나 선은 좋고 악은 나쁜 것이라고 하지만, 혼탁한 거름으로 인해 아름답고 향기로운 꽃이 더욱더 풍요로운 것처럼 선이라는 아름다운 꽃을 피우기 위해 세상의 모든 악의 요소는 수많은 질타를 받게 된다.

392

드러나지 않는 음덕은 자신이 다시 태어나는 곳뿐만 아니라 세세생생 자손들에게도 쌓인 만큼 음덕 향기의 영향이 미친다.

393

남을 위해 흔적을 지운 음덕과 배려의 향기가 만 리에 가득함은 참으로 아름답고 넉넉한 인품의 숨은 향기다.

394

참다운 지혜의 눈으로 세상을 바라보면 그 무엇 하나도 나를 위해 존재하지 않는 것이 없다. 가시나무 시궁창 똥 묻은 막대기 끝없이 아래로 흐르는 맑은 물과 공기 허공을 나는 새와 가을밤 귀뚜라미 울음소리까지도 모두 참다운 가르침의 스승 아님이 없다.

395

노력을 최대로 하여 나름대로 자신이 유능하다고 생각하더라도 다른 사람이 하는 자신에 대한 평가가 아니면 자화자찬(自畵自讚)으로서 아무런 의미가 없다.

396

내가 가야 할 길에 누군가를 이용하고 버리는 지팡이나 사다리를 삼으면 안 된다.

397

'사랑은 눈물의 씨앗'이라는 부정적인 논리를 그대로 적용한다면 '성공은 실패의 씨앗'이 되어야 옳다. 그러나 '실패는 성공의 밑거름'이라는 긍정적인 논리가 많은 이들에게 꿈과 희망을 줄 수 있다는 것에 주목해야 한다.

398

세상을 사는 동안 아무런 부담 없이 말을 공유하고 자신에게 더욱더 활기찬 자생능력을 발전시킬 수 있는 것은 바로 긍정적인 사고(思考)다.

399

긍정적인 사고와 부정적인 사고는 상황에 따라 달라질 수도 있겠지만, 세상과 현실의 삶을 접하고 바라보는 관점에 따라서도 달라질 수 있다.

400

상대의 감성을 자극하는 독이 되는 달콤한 말 한마디는 정말 나쁜 것이다. 비록 달콤하지 않은 말이라도 시간

만유의 길

이 흐를수록 삶의 활력소가 될 수 있는 말 한마디를 서로 주고받을 수 있다면 그것은 참으로 유익한 것이다.

401

자유를 누릴 때 자유를 아는 자는 천리마(千里馬)와 같고 자유를 잃고 나서 자유의 소중함을 아는 자는 준마(駿馬)와 같으며 자유를 잃고 나서도 자유의 소중함을 모르는 자는 우마(牛馬)로서 무지한 축생일 뿐이다.

402

현실이 따뜻하고 배부르면 세상이 다 꽃피는 봄날인 줄 알지만, 피나는 노력 없이 얻은 누림이라면 그것은 한낱 허깨비의 꿈일 뿐이다.

403

상대를 향해 웃을 수 있다는 것은 그만큼 마음이 온유하고 여유가 있다는 것이다. 그러나 차가운 눈빛과 냉정한 마음속에는 언제나 긴장과 불안의 조급함으로 인한 불행이 따를 뿐이다.

404

지혜와 심덕(心德)을 상실한 물질 만능에 취하여 명예와 권력을 쟁취하기 위해 칼집 속에 숨긴 칼날의 가식적 웃음만 보이는 인성(人性)은 자신도 가족도 민족도 나라를 위해서도 절대로 큰일을 할 수가 없다.

405

한 가지 음식도 만인의 혀끝에 따라 맛이 다르고 한 울림의 소리도 만인의 감성에 따라 다르게 들리듯이 한 가지 학문적 주제도 만인의 사고(思考)에 따라 다르게 해석될 수 있다.

406

먼저 살다 가신 선조님들의 발자취를 보면 모든 삶은 순리에 따라 살 것을 당부하신 무언(無言)의 가르침이었다.

407

육체적 향락의 삶보다는 정신적 진리 탐구의 삶이 옳다

는 것을 성현들께서는 스스로 소멸(消滅)하므로 보이시고 간절한 가르치심을 증명해 보이셨다.

408

실천행이 없는 지식으로 깨달음을 자랑하는 것은 천 편 시(詩)로 만장 후를 설한다 해도 빈 하늘에 울려 퍼지는 공허한 메아리일 뿐이다.

409

긴 세월을 흘러 이룬 결과에 대한 승리의 기쁨과 좌절의 아픔이 육체적 정신적 감성으로 나타날 때는 마치 번갯불이 번쩍이듯 찰나의 순간에 일어나기 때문에 마음 그릇에 따라 충격 또한 극과 극의 현상으로 나타날 수 있음에 유의해야 한다.

410

말과 생각으로는 알지만, 욕심의 그늘에 가려진 망각심(妄覺心) 때문에 채움과 비움을 실천하는 것은 소가 바늘구멍을 뚫기보다 어려운 것이다.

411

뒤돌아보지 않고 지금까지 혼미한 꿈속에서 행복이란 작은 모래성을 쌓으며 달려온 백 년 삶의 종착지는 누구나 똑같은 죽음일 뿐이다.

412

살다 보면 어릴 적 자신의 모습은 찾을 길 없고 하얀 머리에 늘어난 주름을 본다. 그러나 눈앞에는 오직 천 길 죽음이란 절벽이 기다리고 있다는 것을 알고 사노라면 삶의 풍요로움은 하루하루 달라질 것이다.

413

모든 것을 이룬 뒤에도 절대로 초심을 잃지 말아야 한다. 그렇지 않으면 다시 모든 것을 잃는다. 초심(初心)은 지혜의 보고(寶庫)인 영혼의 고향이기 때문이다.

414

악행(惡行)을 소멸하고 선행(善行)을 장려(獎勵)한 범죄 없는 세상이 얼마나 어려운 일이면 우주를 비로소 삶이 시작된 태고로부터 지금까지 아직도 이 문제가 해결되지 않고 있는지 그 원인을 살펴야 한다.

415
살아 숨 쉬는 자가 진리를 모른 채 어디로 가는 줄도 모르고 불안과 허무한 마음으로 죽음을 맞이할 수밖에 없다는 것은 참으로 잘 사는 것이 아니다.

416
마음이 불안정하거나 하는 일이 잘되지 않는 것은 마치 회오리바람 속에서 몸부림치며 비상하고 있는 작은 존재처럼 꿈과 희망의 정신적 소용돌이 속에서 물타기를 하고 있기 때문이다.

417
정신적 물질적인 탐욕의 잔재들은 자신이 존재할 때 충족 심의 만족이 있을 뿐이다. 그 누구도 생을 마감할 때 가지고 가거나 영원히 자신의 것으로 소유할 수는 없다.

418

인간의 신성하고 공평한 개개인의 존엄성은 누가 착취하거나 절대로 변질될 수가 없다. 이러한 조건을 갖춘 고귀한 삶이 바로 인생의 참모습이라는 것을 스스로 깨닫고 무한 자부심을 가져야 한다.

419

산다는 것은 무한한 욕망의 끝이 없음이라 해야 할 것이다. 누구나 백 년 이내의 삶인 줄 뻔히 알면서도 몇백 년을 살 것처럼 죽음을 망각하고 영원을 꿈꾸고 있다.

420

산다는 것은 죽음을 향해 가고 있는 길지 않은 노정(路程)이다. 그러니 죽되 죽지 않는 길을 찾아야 하는 것이 인간의 최대 과제다.

421

사람은 지각과 감각이 분명하다. 다른 생명체들이 갖추지 못하고 있는 지각과 감각을 갖추고 있다는 것은 무한 행복을 갖춤이다. 그렇지만, 끝없는 탐욕심(貪慾心)

만유의 길

으로 스스로 행복한 삶보다 불행한 삶의 길을 만들어
가고 있는 것이 어리석음이다.

422

사람은 절대적 인격체로서 진리 탐구와 순리적 순환과
정에서 자생하는 보다 더욱 성숙한 선행(善行)으로 바
르고 원만한 삶의 질을 찾아야 걸어온 길을 뒤돌아볼
때 후회가 남지 않는다.

423

술에 취한 듯 깊은 잠에 빠진 것처럼 영혼이 혼미하게
되면 길을 걸어도 갈지자걸음으로 올바른 사고와 안정
된 삶을 기대하기 어렵다.

424

꿈은 많을수록 좋고 할 수 있다는 희망의 끈은 견고할
수록 좋다. 그러나 세상사가 그렇게 녹녹하지 않기 때
문에 중도 포기라는 아주 쉬운 일상적인 선택이 실패의
원인이 된다.

425

예나 지금이나 삶이란 이 길을 지나간 그 누구도 꿈을 완성한 분은 없고 영생을 말하면서도 영원히 생존한 분은 없다.

426

이제 우리 눈을 떠야 한다. 나는 지금 어디에서 왔고 어디쯤 이르렀으며 어디로 어떻게 가야 하는지 아름답게 지는 노을을 보면서 지나온 발자국 따라 다가올 마지막 자신의 모습을 더욱더 아름답게 만들 수 있어야 한다.

427

흔히 인생을 여정(旅程)에 비유한다. 긴 것 같으면서 짧고 짧은 것 같으면서도 죽음이란 목적지를 향한 긴 여행이 인생이다.

428

여행을 빈손으로 떠나는 사람은 없다. 저마다 배낭을 하나씩 메고 가지만, 배낭의 크기도 제각각이다. 초보

만유의 길

자의 배낭은 크고 무겁지만, 꼭 필요한 것보다 불필요한 것이 더 많다. 여행 전문가의 배낭은 가볍다. 이처럼 꼭 필요한 물건만 넣는 것은 인생을 살아온 자의 지혜이다.

429

마치 술에 취한 사람처럼 삶이란 이름으로 아무것도 모른 채 실체 없는 세월이란 흐름에 정신없이 이끌려 이른 곳이 지금, 이 순간 자신이 서 있는 곳이다.

430

한 올 한 올 바느질 하듯 돈과 명예 성공이란 매듭을 지으며 달려온 세월을 돌아보면 시간 따라 변하는 허상 같은 물질과 흔적 없는 허황한 이름만 있을 뿐 영원히 남아 있는 것은 아무것도 없다.

431

인생은 굴곡진 길과 같은 것이다. 그러므로 삶으로 인한 어려움에 부닥쳐있다고 좌절하면 안 된다. 돌고 도는 물레방아를 보며 배우면 된다. 인생이란 행복과 불행이 마치 톱니바퀴처럼 맞물려 돌아간다는 것을 알면 쉽다.

432

관심 없던 이름 모를 풀꽃이 너욱더 아름답게 보이고 서산에 지는 노을이 가슴 저리도록 곱게 보이는 것은 영혼의 초췌한 그림자가 언젠가는 스러짐이 가까이 다가오고 있다는 것을 잠재 속의 자신이 스스로 알기 때문이다.

433

머리에는 하얀 이슬이 내려앉고 이마에는 주름이 늘어난다. 몸은 기력을 잃고 정신은 희미해져 갈 즈음 지난 날을 후회해도 소용이 없다. 생(生)과 사(死)는 선택의 문제가 아니기 때문에 더욱 그렇다.

434

인생을 살아감에 지나치게 즐기는 삶을 추구하는 사람

만유의 길

은 그 자신이 몸과 마음의 고독을 삶 속의 행위로써 해결하려는 몸부림이다.

435

행복은 이미 생이란 이름으로 나에게 와서 한가로운 바다에 파도처럼 넘실거리는 것도 모르고 오히려 몇백 년을 살 것처럼 행복을 찾아 불행의 가시밭길을 힘들게 걷고 있다.

436

욕망으로 인한 방황은 행복이라는 내적 공허를 충족하더라도 영원히 멈출 수가 없다. 다만 행복을 충족했을 때 짧은 시간 동안 심적 공허를 벗어날 수는 있겠지만. 영원한 물질적 생존이란 있을 수 없기에 행복 또한 잠깐일 뿐이다.

437

돈과 명예 그리고 삶 속의 행복을 드러내는 순간부터 존경과 부러워하는 만큼의 적이 생기고 시기 질투가

난무할 것이니 행복함을 자랑하지 않고 인내할 줄 아는 사람이 참으로 행복을 누릴 수 있는 지혜로운 사람이다.

438

인생은 오르막 내리막과 굽고 곧은길이 있다. 넓고 좁은 길과 더럽고 깨끗한 길도 있다. 삶의 노정은 우주라는 방대한 인생 교과서를 펴 놓고 보다 더 쉽고 행복하게 살기 위해 배우며 실습하는 학습의 장임을 알면 참으로 행복할 것이다.

439

사람은 저마다 자신만의 삶이 고달프고 힘든 줄 알고 있지만, 땅 위에 솟은 자연이나 땅 밑에 보이지 않는 생명도 모두 살아남기 위한 존재의 끈 하나 잡고 처절한 몸부림을 치고 있다.

440

자연과 주변의 모든 것들은 알게 모르게 나를 위해 존

176

만유의 길

재하지만, 나 또한 자연과 주변의 또 다른 생명을 위해
존재하는 상부상조의 관계에 있다.

441

진리는 불변한다. 태풍으로 인한 파도는 바닷물을 정화
하듯이 촌각을 두고 끝없이 반복되지만, 우리에게는 재
앙으로 다가온다. 그러나 그것이 절대불변인 진리의 순
환과정이라는 것을 알아야 한다.

442

과학은 현실적이고 철학은 정신적인 것으로 보이지 않
는 에너지와 같은 것이다. 과학으로 로봇이 생산되고
있지만, 철학이 모든 물질을 재생산하는 핵심이다.

443

눈으로 보고 느낄 수 있고 일상생활에 사용하고 있는
소소한 생활용품 하나까지도 모두 마음이 창작한 철학
의 결과물이다.

444

사람의 마음은 철학이고 몸은 과학이다. 허공을 비롯한 눈에 보이는 것은 과학이라 할 수 있지만, 대자연을 움직이는 보이지 않는 힘은 모두 철학이다.

445

인간은 자연의 흐름을 역행하는 공해를 만들어 병을 유발하면서 병을 치료한다는 모순된 명분으로 로봇 기계를 동반한 의료행위를 해야만 하는 웃지 못할 현실에 직면해 있다.

446

과학 문명의 발전과 더불어 의학계도 무한한 발전을 이루었지만, 이 또한 기계에 의존한 로봇의 하수인이 된 듯 심의(心醫)에 의한 치료가 아닌 의통(醫通)을 상실한 의사(醫師)가 아닌 의기능사(醫技能士)로의 전락일 뿐이다.

447

우주 삼라의 끝없는 빈 공허함 속에 무한대로 갈무리되

어있는 원소의 보물을 찾아 헤매다가 생을 마감하는 것
이 인생이다.

448

우주 삼라는 무한대의 변이 작용 과정에 있고 모든 만
물은 변이 작용하는 상호 관계로 끝없는 윤회 속에서
물질로 나타남과 소멸을 거듭하고 있는 것이 대자연의
법칙이다.

449

개미핥기를 비롯한 많은 동물이 일상적일 때는 개미를
죽이기도 하고 잡아먹기도 하지만, 죽음을 맞이하게 되
면 오히려 순식간에 몰려온 개미의 먹잇감이 된다. 마
치 인생사 새옹지마라는 말을 증명이라도 하듯이….

450

 모든 생명이 삶과 죽음을 두고 약육강식이라는 말을
한다. 그러나 이것은 틀린 말이다. 약육강식과 강 육 약
식은 닭이 먼저냐 계란이 먼저냐 하는 것과 같은 것이다.

451

만물의 영장인 사람이 사망할 때나 또 다른 크고 작은 생명들이 명이 다하여 죽을 때는 약육강식의 순리를 거스른다. 다만 강 육 약 식으로서 보이지 않는 아주 미세한 세균에 의해 죽는 것이 자연의 순리다.

452

광활한 우주가 텅 빈 공간으로 보이지만, 마치 거미줄이 엉키듯 미진의 티끌도 용납하지 않는 전파의 흐름으로 꽉 채워져 흐르고 있다.

453

우주 삼라에 가득한 전파의 채널에 의해 사람은 사람 소리를 내고 동물은 동물 소리를 낼 수 있듯이 바람 소리 물 흐르는 소리 등, 나무를 비롯한 자연 또한 다른 소리로 차별화됨을 보일 수 있다.

454

파란 하늘이 있는 것은 정신적 불필요한 번뇌 망상을

180

마음 편히 날려 보낼 수 있게 한 것이고 넓은 땅이 묵묵히 소리 없이 기다림에 익숙한 것은 물질적 지나친 욕심 덩어리를 부담 없이 내려놓으라는 것이다.

455

허허로운 파란 하늘을 보며 불필요한 정신적인 모든 잔재를 비워 버림에 노력하고 견고하고 넓은 땅이 모든 오물을 받아들이면서 생명을 보듬어 키우는 것을 보며 존재의 소중함과 배려의 삶을 배워야 한다.

456

돈의 단위를 원이라 하는 것은 굴렁쇠처럼 돈다는 라는 의미이다. 그렇기 때문에 개미처럼 모아서 쌓아 놓기만 하려는 그 욕심이 잘못된 것이다.

457

돈은 흐르는 물처럼 둥글게 순환해야 한다. 그렇지 않으면 고인 물이 썩듯 부패하여 모든 재앙이 따르고 진동하는 악취로 인하여 스스로 자신을 잃게 될 것이다.

458

돈은 의식주를 비롯한 전반적인 삶의 일부를 이어주는 견인 적 역할을 하는 참으로 필요한 것이다. 다만 술에 취한 듯 일방적으로 돈에 끌려가는 욕심이 재앙을 부르게 된다.

459

식물뿐만이 아니라 동물도 무한 경쟁과 천적을 상대로 삶을 영위하고 있다. 만약 천적이 없다면 그 또한 먹이 사냥과 자신들을 지켜야 하는 힘이 필요 없기 때문에 하루하루 쇠퇴하게 될 것이다.

460

사람이 성공과 실패를 거듭하는 많은 시련을 두려워하면 정신적 육체적으로 발전할 수가 없고 안일에 머물 수밖에 없다. 많은 어려움 속에서 겪는 수많은 경험만이 누구도 빼앗을 수 없는 자신의 소중한 자산이 될 것이다.

만유의 길

461

모든 생명은 태어나는 순간부터 자신의 꿈을 성취함과 더불어 행복의 본체를 지니고 있다. 그것은 태어나는 순간부터 정신적 육체적 발전이 거듭되기 때문이다.

462

생(生)을 고(苦)라고 하는 것은 현실과 자신의 존재적 한계를 부정할 때 오는 현상이다. 스스로를 알고 만족할 줄 안다면 부모님께서 주신 이 몸의 소중한 가치가 얼마나 고귀한 것인지 알기 때문에 고(苦) 또한 락(樂)이 될 것이다.

463

모든 자격을 갖추고 열심히 노력해도 인생의 성공과 실패는 인연과 업연에 따라 순간적 선택과 기술적 운영으로 결정된다.

464

사람은 대부분 진리는 부정하고 거짓은 긍정한다. 생하

면 죽는 것은 진리이지만, 몇백 년을 살 것처럼 망각하고 있다. 그로 인해 어리석음으로 일어나는 번뇌 망상과 탐욕심의 굴레에서 벗어나지 못한다.

465

사람이 본다는 것은 눈으로 보는 것만이 아니다. 마음을 본다. 맛을 본다. 생각을 해 보고, 소리를 들어보고, 기다려 보고, 만져 보고 등등 본다고 한다.

이렇게 눈으로 보는 것도 중요하지만, 마음의 작용에 의해 감성과 느낌으로 봄이 정말 중요한 것임을 알아야 한다.

책 끄트머리에

사계는 변함없이 넉넉하거나 부족함에 괸계없이 순리에 순응하는 여여(如如)한 모습으로 세월을 공유하고 있다. 그리고 해와 달이 뜨고 지는 가운데 만법을 갈무린 자연의 싱그러운 질서 속 어제와 오늘의 모습도 혼탁한 사람들의 일상과는 사뭇 다르다.

눈이 있어도 볼 곳이 없고 귀가 있어도 들을 수 있는 소리가 없다. 입이 있어도 하고 싶은 말이 없고 생각하고 싶지 않을 만큼 혼탁한 시절 인연이 안타까울 뿐이다.

사람들은 세상이 변했다고 한다. 이 또한 남 탓이다. 책임 전가에 불과하다. 세상은 사람이 다 망가트리고 있다. 동물뿐만 아니라 작은 미생물까지도 순리를 따라 생존할 뿐 사람처럼 마구 파괴하지는 않는다. 자연 파괴의 주범은 사람이다.

숨이 턱까지 차올라도 또다시 무엇인가를 채우려고만 하는 어리석은 탐욕심 때문만이 아니라 이제는 자성마저 타락되어 사람이면서 사람임을 포기하는 행위를 범하고도 전혀 부끄러운 수치심마저 느끼지 못하는 사회 현실이 안타까움을 넘어 측은지심이다.

이러한 혼탁함을 아는지 모르는지 산천과 푸른 하늘에 흰 구름은 한가롭다. 해 질 무렵, 눈물 젖은 안타까움을 노래하는 이름 모를 작은 새들의 지저귐에 용기를 내어 마음속에 간직했던 푸념 보따리를 풀어헤친다.

불기 2568년 갑진년 10월
행복사에서 사문 능인 합장

저자 약력

노신배(능인스님)

한국불교 통신대학원, 경학과, 율학과 졸업

한국불교 금강선원 행복사 주지

문예계간 시와수상문학 시, 시조, 수필부문 신인문학상 수상

문예계간 시와수상문학 문학상, 작가상 수상

민주평화통일대전 문인화 특선 1회, 입선 1회, 삼체상 1회

(사)대한민국서예협회 서울 시전 입선 2회

대한민국 남농미술대전 특선 1회

뮤지컬 싯다르타 배우 데뷔, 서울공연 15회, 부산공연 3회

한국불교 통신대학원장 표창장

한국불교 금강 선원 포교 대상

김천 경찰서장 감사장

문화관광부 장관 표창장

경기도 안성시장 표창장

법무부 대전 교정청장 표창장

김천시장 감사패

IWSTV 방송연예대상 종교문화예술대상

그림 전시

인사아트홀 한국미술관 도봉문화원 강북문화회관 등 다수

현 한국음악저작권협회 작사/작곡/편곡 회원

한국음반산업협회, 실연자협회 회원

한국예술인협회, 음반제작자협회 회원

한국문인협회 회원

한국 시, 시조, 수필, 저작권협회 회원

문예계간 시와수상문학 운영이사

사회복지법인 광림사 연화원 이사

(사)한국미술협회 도봉지부 회원

(사)서울서예협회 회원

저서

능인의 허튼소리(시 1집) 오늘도 그 자리에서(시 2집)

설연화(雪蓮花)의 향기(시 3집) 마음 달(시 4집, 불교시집)

길 없는 길을 따라(능인 글말선방 1집)

만유의 길

2024년 10월 25일 초판 1쇄 인쇄
2024년 10월 31일 초판 1쇄 발행

지은이 노신배(능인스님)
펴낸이 진욱상
펴낸곳 백산출판사
글·그림 노신배(능인스님)
교　정 박시내
본문디자인 오정은
표지디자인 오정은

저자와의
합의하에
인지첩부
생략

등　록 1974년 1월 9일 제406-1974-00001호
주　소 경기도 파주시 회동길 370(백산빌딩 3층)
전　화 02-914-1621(代)
팩　스 031-955-9911
이메일 edit@ibaeksan.kr
홈페이지 www.ibaeksan.kr

ISBN 979-11-6639-487-4　03810
값 15,000원